La chica de los ojos tristes

Noelia Hontoria

*A mis compañeros de vida,
por ser parte del mejor viaje
que podemos emprender*

Capítulo 1

Adriana amaba viajar. Desde pequeña siempre supo que no quería una vida prefabricada como los demás, ella era especial. Por encima de todas las cosas, deseaba almacenar en su retina paisajes de belleza desmedida, disfrutar de escenas urbanas cotidianas, integrarse en otras culturas desconocidas y atesorar miles, quizás millones de kilómetros recorridos. Le gustaba imaginar que llevaba a sus espaldas una mochila mágica en la que conservar la esencia de cada paso andado, cada kilómetro viajado.

Nunca supo bien de quién había heredado esta pasión. Quizás de su tía preferida, Carla, quien siempre tenía una anécdota que contar de cada ciudad que había visitado. O tal vez de sus padres, quienes sin saberlo le habían inculcado el deseo de conocer mundo. A pesar de que ambos tenían una colección de sellos en el pasaporte más bien escasa, los dos poseían grandes conocimientos del mundo que nos rodea, cada uno por una razón diferente: la madre de Adriana era una reputada profesora de Geografía, mientras que su padre, cocinero, había editado sin éxito dos libros de recetas internacionales.

Sin duda, sus ansias de viajar la habían llevado a vivir los mejores momentos de su vida y si de algo no se arrepentía, era de cada minuto vivido en ciudades que no le pertenecían.

Adriana era hija única, pero nunca fue una niña malcriada. Jamás le faltó un capricho ni un regalo bajo el árbol de Navidad, pero tampoco educación, cariño y un castigo cuando lo merecía.

Creció en un hogar sin altibajos, sin problemas económicos ni familiares y pasó su adolescencia como cualquier otra joven de su edad: le gustaba tomar café con sus amigas los viernes por la tarde, mirar ropa en el centro comercial y, de vez en cuando, salir por la noche a tomar un Malibú con piña en los bares "de mayores". Quería crecer rápido para ser como ellos, saber bailar, no tener toque de queda y no verse en la obligación de dar explicaciones de con quién andaba o dónde iba. Quizás si Adriana hubiese sabido lo que le esperaba unos años después de la mayoría de edad, habría deseado que su vida acabara en ese café de los viernes por la tarde.

Pero por suerte o por desgracia para ella, la vida siguió su curso y Adriana se convirtió en una bella jovencita de pelo negro y ojos miel. Fue a la Universidad, aunque nunca llegó a terminar la carrera. La vida le tenía preparado otro destino, eligió otros caminos y pasó de ser una adolescente feliz a una marioneta de quien, con capricho, mueve los hilos de nuestra vida. ¿Quién decide quién merece vivir una buena vida y quién se ahogará en una existencia marcada por las sombras? ¿Somos nosotros los que, con nuestras acciones, marcamos nuestro futuro o realmente existe un destino escrito para cada uno desde el momento en que venimos al mundo?

La joven no conocía la respuesta a la pregunta que se repetía todas las noches pero un buen día decidió que era el momento de buscar una salida del tren que ya había descarrilado hace mucho tiempo. Se marchó. Huyó por la ventanilla del servicio de la tripulación, como los cobardes, atravesó las vías, cambió de estación e, incluso, de medio de transporte. Había llegado el momento de romper con todo lo que le ataba a su vida anterior: familia, amigos, ciudades... creó una caja de recuerdos y guardó en ella lo que más le importaba. Ese tipo de objetos que jamás tendrían valor material en un mercadillo de segunda mano, pero que para ella ahora eran todo su mundo. Con sumo cuidado, seleccionó sus fotos preferidas con recelo de no aparecer en ninguna. Cerró la caja y con la llave se hizo un colgante. Creía en el poder de los amuletos y si quería empezar de nuevo, reescribir su historia, iba a necesitar uno.

Con sus propias manos cambió su largo pelo negro por una melena rubia a la altura de los hombros y volvió a estudiar, pero esta vez no fueron las aulas de la Universidad las que disfrutaron de su inteligencia: una mañana de Enero se matriculó en un curso de TCP, tripulante de cabina de pasajeros o, como lo llamaba el resto del mundo, azafata.

Comenzar una nueva vida no fue fácil: gestionar la documentación fue casi más difícil que encontrar un piso decente y económico en una gran ciudad como Madrid. Quería algo cerca de la Escuela pero con un alquiler acorde a su cuenta bancaria: apenas había tenido unos meses para ahorrar y los lujos no tenían cabida en su nuevo plan de vida.

Tras dos noches durmiendo en un hostal de dudosa reputación, logró encontrar un habitáculo en un piso modesto pero limpio. Su habitación estaba decorada en tonos azules y contaba con un mobiliario bastante básico: una cama vieja pero cómoda, un escritorio de melanina, un pequeño armario suficiente para su escaso equipaje y un par de cuadros de motivos marineros. Muy a su pesar, tuvo que resignarse a compartir piso con dos chicas de nacionalidad alemana, participantes de un programa de intercambio europeo, con las cuales apenas cruzó una centena de palabras durante todos los meses que duró su estancia.

Adriana se escudaba en los obstáculos del idioma para no tener mucha conversación con sus alegres compañeras, pero ella bien sabía que ese no era el motivo real. Era consciente de que su vida ahora se encontraba en una etapa absolutamente temporal, que esto no duraría mucho. Le gustaba Madrid, le hacía sentirse extraña entre un mar de gente, pero no quería pasar aquí el resto de su vida.

En ese momento, hacer amistad con las alemanas no entraba entre las prioridades de su nueva vida. Tampoco le interesaba conocer a sus compañeros de Escuela. Ocho chicas y tan solo un varón que quedaban cada fin de semana para disfrutar de la noche madrileña. Después de tres negativas por parte de Adriana, habían dejado de intentar convencerla para salir con ellos. La veían algo rara, taciturna y solitaria. Y no se equivocaban.

En ocasiones hablaban de ella a sus espaldas y todos coincidían en que era una chica amable, responsable y con buenas maneras, pero no entendían como alguien tan joven podía tener tan poca vida social. Algunos apostaban a que tendría algún problema psicológico, otros simplemente achacaban su actitud a un posible novio demasiado celoso y absorbente. Fuera lo que fuera lo que marcaba la actitud de Adriana con el mundo, todos estaban de acuerdo en que no era la mejor personalidad para una futura azafata.

La realidad era bien diferente: sus fantasmas no la dejaban abrirse de nuevo al mundo. Desde que ocurrió aquello que nunca debió suceder, se acostaba cada noche imaginando que todos tenemos una segunda oportunidad y basta un "lo siento" o una explicación para enmendar todos nuestros actos. Pero al final de cada noche, sus sueños siempre se transformaban en pesadillas.

La vida siguió su curso y pocos meses después abandonaba esa Escuela que le había dado una nueva oportunidad, esta vez con el título bajo el brazo. Contra todo pronóstico, Adriana fue la primera de su promoción que consiguió ser seleccionada en una de las entrevistas que la propia Escuela organizaba con algunas compañías aéreas. A pesar de que su tren descarriló hacía apenas un año, había logrado encender los motores del avión de su nueva vida. Aceptó sin dudarlo: ante la oportunidad que se abría delante de ella, ni siquiera revisó las condiciones de su contrato. No le interesaban las cifras mensuales, las horas de trabajo ni el convenio. Solo quería empezar, por fin, su vida. Dicen que nunca es tarde para volver a empezar y Adriana estaba a punto de comenzar el viaje hacia lo que realmente merecía.

Un 7 de octubre de 2007, partió de madrugada, con nocturnidad y alevosía. No le hizo falta facturar. En su escasa maleta de mano llevaba un par de kilos de ropa, su documentación y su caja de recuerdos. Pero lo que más pesaba no era nada material que pudiera llevar con ella. Su secreto la acompañaba, allá donde fuera, con la carga añadida de saber que jamás se desprendería de él.

Las horas de espera en el aeropuerto volaron: antes de darse cuenta, la voz metálica que provenía de los altavoces del aeropuerto ya anunciaba la salida de su vuelo. Cogió su equipaje de mano, su secreto y su desesperanza y se puso en la cola de ese conductor de destinos al que vulgarmente llaman avión.

Deteniéndose un instante, como si quisiera saborear aquel momento, sacó de su bolsillo la carta arrugada que había recibido apenas unos días antes y comprobó con la pantalla de la sala de embarque que no se había equivocado de sitio. En ambos lugares rezaba la misma frase.

Destino: Aeropuerto de Luqa. Malta.

Capítulo 2

La chica de los ojos tristes aterrizó en aquella diminuta isla del Mediterráneo pasadas las 8 de la mañana. Descendió por las escaleras del avión con paso torpe y atropellado, como quien no está muy seguro de hacia dónde va, como quien camina empujado por una serie de fortuitos acontecimientos hacia un destino que no ha escogido.

Sin embargo, a pesar de sus miedos e inseguridades, Adriana sentía que, por fin, estaba haciendo lo correcto. Durante los últimos días, la palabra "Malta" había significado para ella mucho más que un simple nombre de país. Era sinónimo de libertad, de esperanza, de oportunidad. Ahora podía saber lo que sienten esas personas que arriesgan su vida sobre una patera para cruzar a su "nuevo mundo". Adriana no viajaba escondida como un polizón, pero si compartía con ellos ese deseo de desaparecer, de comenzar de nuevo, de esconder un pasado forjado a base de sueños rotos.

Al bajar del último escalón del aeroplano, Adriana por fin posó sus pies sobre suelo maltés. Hizo caso omiso a la marea humana que venía detrás de ella, a las decenas, cientos de equipajes ajenos que la envolvían y pasaban a su lado sin detenerse. Algunos incluso la empujaron levemente sin querer; otros, conducidos por su prisa, ni siquiera advirtieron su presencia. A fin de cuentas, ella solo era un número más, un alma perdida que carecía de interés para el resto de las personas con las que había compartido espacio en el corto período de tiempo que duró el vuelo.

La mirada triste y vacía que había adornado su rostro desde hacía meses, ahora tenía un pequeño resquicio de esperanza.

Por primera vez en mucho tiempo, Adriana sentía que podía volver a nacer, esconder su pasado y, probablemente, con el tiempo olvidar su secreto... aunque solamente lo hiciera por unos minutos.

Aquella mañana Malta aparecía ante ella con la inmensidad con la que se manifiestan las cosas más esperadas. El primer escenario que vieron sus ojos tristes melosos ni siquiera le pareció hermoso, pero en él vio la belleza de los brazos que te ofrecen consuelo y cobijo en tus peores momentos.

A partir de ahora, la pequeña isla mediterránea

sería su nuevo hogar. Su único hogar.

La velocidad de los acontecimientos no le había permitido investigar más que cuatro pinceladas históricas y demográficas del país. Todo había sucedido demasiado rápido. Desde que acudió a la entrevista hasta que tomó ese avión, apenas habían transcurrido 7 días.

En solo una semana tuvo que volver a guardar lo que quedaba de su vida en su pequeño equipaje de mano. Solo se despidió de su casera, puros formalismos para solicitarle la fianza que le había dejado cuando alquiló el piso en Enero. A sus compañeras de piso les dejó una nota escrita en un perfecto inglés. No quería abrazos ni últimas cenas forzosas. Si nunca habían sido amigas, ¿por qué ahora que se marchaba tenían que fingir algo que no era real?

Dos días antes de la partida acudió a Google para descubrir algo más sobre su nuevo destino. Se sorprendió al comprobar que en algunos mapas ni siquiera salía dibujado. En otros, simplemente lo señalaban con un asterisco. *"Voy a perderme del mapa"*, pensó. Y la idea le hizo esbozar una sonrisa por primera vez en mucho tiempo.

A Adriana siempre le han gustado los detalles curiosos. Por ejemplo, descubrir que todo el país de Malta tiene la misma población que la ciudad de Murcia, le pareció cuanto menos interesante. El siguiente dato en el que se detuvo fue en el aspecto etimológico: "dulce como la miel" fue el significado que los griegos le dieron a su nombre. Cuanto más leía, más acertado le parecía su nuevo hogar.

Descubrió también, que la República de Malta cuenta con tres islas principales: Malta, la más grande y el epicentro económico y comercial; Gozo, un lugar casi exclusivamente turístico gracias a su Blue Window; y, por último, Comino, con tan solo 3,5 kilómetros cuadrados de superficie, una pequeña isla casi desierta y que solo puede presumir de tener un hotel, una paradisiaca aunque diminuta playa... y una avalancha de turistas en busca de sol y sal que llegan y se van en el mismo día.

Los Caballeros de la Orden de Malta, Napoleón, la Batalla de Lepanto, entre otros, estuvieron ligados a la historia de Malta. La isla hoy casi desconocida, fue un punto estratégico del Mediterráneo hace varios siglos.

La siguiente búsqueda la realizó en Google Maps para descubrir la fachada de su nuevo apartamento. Alamein Road parecía un lugar tranquilo, algo alejado a pie del centro de la turística ciudad de St. Julians, pero con las comodidades básicas para el día a día: un pequeño supermercado, una parada de autobús a pocos pasos y algún restaurante con precios ajustados y menús poco pretenciosos.

La compañía aérea fue la encargada de buscar el alojamiento para Adriana y aunque le ofrecieron la posibilidad de cambiar a otro si no se encontraba a gusto, ella sabía que no sería necesario siempre que la cama fuera cómoda, la cocina tuviera microondas y las cucarachas no trataran de compartir vivienda con ella.

Su nuevo hogar se encontraba dentro de una especie de gran urbanización con 176 apartamentos, piscina, pista de deportes, escuela de inglés para extranjeros, sala con televisión y juegos, restaurante y bar. No le faltarían vecinos a los que pedirle sal, pero cruzaba los dedos para no tener que compartir el apartamento con nadie. Aún no se sentía preparada para que nadie entrara en su intimidad, quería tener la oportunidad de construir su nueva vida sin intromisiones, sin miradas ni preguntas indiscretas.

La chica de los ojos tristes buscó el primer taxi libre y con un perfecto inglés de academia, le indicó al conductor su dirección. En el momento en que el coche arrancó, sintió una pequeña punzada de culpabilidad por no haber explorado un poco el aeropuerto, iba a ser su centro de trabajo durante una buena temporada y su primer contacto con él apenas había durado unos minutos. Se había acostumbrado a ir por la vida con prisa y parecía que no iba a ser fácil cambiar su ritmo.

Pero olvidó rápido esa sensación de culpabilidad, pudo más el cansancio del viaje y las ganas de llegar al apartamento, soltar la maleta y prepararse algo caliente antes de acostarse a recuperar horas de sueño.

Apenas 10 kilómetros después el taxi se detuvo bruscamente. Como por arte de magia, el conductor que unos minutos atrás la había saludado en inglés, pareció olvidar el idioma de su propio país y comenzó a hablar en maltés, la segunda lengua oficial de la isla. A Adriana no le hizo falta entender ese idioma tan extraño, mezcla del árabe y el italiano, para comprender que el taxista estaba intentando confundirla con la intención de no darle la vuelta del dinero. Le dio las gracias por el viaje y se bajó, prefería perder unas pocas liras maltesas antes que más minutos de su tiempo en ese taxi años 60.

Mientras el coche se marchaba por la larga carretera que atravesaba la urbanización de Adriana, ella se quedó unos instantes clavada en el arcén de piedra marrón. Necesitaba dedicarse esos segundos: lo había conseguido, había logrado reinventarse, reescribir su vida y al fin tenía frente a ella su nuevo hogar. *"Mi hogar"*.

Inhaló todo el aire que sus pequeños pulmones podían recoger y lo soltó decidida. Avanzó con seguridad, haciendo resonar sus pasos sobre el cálido suelo maltés bañado por los primeros rayos de las mañanas de Octubre. Reconoció lo que debía ser la entrada a la recepción, a la cual se accedía pasando bajo un arco con un cartel rojo con letras blancas en el que rezaba el nombre del complejo.

A mano derecha, desde donde se podía ver la gran piscina, se encontraba un grupo de chicos jóvenes riendo alegremente. Quizás tendrían tan solo tres o cuatro años menos que Adriana, pero notaba en sus ojos el brillo de aquellos que aún no han sufrido un revés del destino. Sus pasos perdieron seguridad mientras en sus ojos se asomaba tímida una lágrima. *"¿Conseguiré algún día volver a ser como ellos?"*

En Recepción esperaba un hombre de poco más de 35 años, vestido con una sencilla camisa blanca y una gran sonrisa adornando su cara.

-Buenos días señorita, ¿en qué le puedo ayudar? -el rostro amable de aquel empleado le inspiró confianza y buenos presagios. En su chapa identificativa rezaba el nombre de Khalid.

-Buenos días. Mi nombre es Adriana Sanz,

tengo un apartamento reservado a mi nombre. ¿Necesita mi pasaporte?

-Sí, por favor. Veo que se trata de una larga estancia, no tiene fecha de check out. ¿Qué le trae por Malta?

Lo último que quería Adriana después de toda una madrugada de viaje era contar su vida, pero quiso ser cortés con ese desconocido que la miraba con ojos curiosos.

-He encontrado un nuevo trabajo en la isla y mi empresa me ha facilitado este alojamiento.

-Fantástico, espero que todo vaya sobre ruedas y se quede con nosotros durante una larga temporada. Aquí tiene sus llaves, es el apartamento 405, conforme sale a mano derecha en planta baja lo encontrará, no tiene pérdida.

Hizo una breve pausa, como si quisiera conseguir un efecto mayor con sus palabras, y a continuación pronunció la frase más bonita que Adriana había escuchado en mucho tiempo:

-Bienvenida a Malta.

Capítulo 3

Nunca tres palabras tuvieron tanto significado. *"Bienvenida a Malta"*. Probablemente el recepcionista no era consciente del efecto que había despertado en Adriana, pero esas tres palabras fueron para ella el verdadero punto de partida.

Por segunda vez en una semana, la chica de los ojos tristes sonrió. Volvió a coger su pequeña maleta y desanduvo los pasos dados hacía apenas unos minutos. Los alegres chicos de antes seguían allí, no parecían tener prisa por entrar a clase ni ir a ningún lugar concreto. Su felicidad parecía tan simple pero a la vez tan real, que Adriana deseó unirse a ellos y aprender de su filosofía de vida.

El recepcionista no la había engañado: el apartamento no tenía pérdida. En menos de un minuto se encontraba ya ante la puerta del 405. Una sencilla puerta blanca con una pared en tono rosa que le hizo presagiar lo que pronto descubriría: el lugar era muy agradable, pero el lujo no haría acto de presencia.

Efectivamente no se equivocó y continuó pensando lo mismo cuando abrió la puerta de su nueva casa. Lo primero que encontró ante ella fueron unas escaleras que conducían a la vivienda. Aunque la entrada se situaba en planta baja, el apartamento se encontraba en realidad en un primer piso.

El mismo color rosa de las paredes de la fachada decoraba también el interior del modesto apartamento. Al subir la escalera, se topó con un diminuto distribuidor que calculó no tendría más de 3 metros cuadrados. A mano izquierda se encontraba el baño y la cocina; enfrente, una habitación; en el lado derecho una habitación pequeñita y otra más grande, desde la cual se podía acceder a la terraza.

Con cierto aire de desgana, dejó la maleta a la entrada de la primera habitación, la más pequeña, y se dirigió a la terraza. Le decepcionó un poco ver que, aunque cada apartamento tenía su propio mobiliario compuesto por una mesa y varios asientos, la terraza era común para todas las viviendas. No se sentía aún preparada para compartir espacio vital con otras miradas, pero no descartó la idea. Quizás dentro de poco ya no sentiría la necesidad de esconderse dentro de su madriguera.

Tras un vistazo rápido, regresó al apartamento y escogió la habitación pequeña. Realmente no necesitaba más. Decidió montar una especie de salón en la más grande, la que daba acceso a la terraza y dejar la otra para posibles visitas. *"¿Seré capaz de hacer amigos y abrirles mi hogar?"*

A pesar de haberse levantado a las 3 de la mañana para coger el vuelo, la siesta mañanera de Adriana solo duró 2 horas. Cuando despertó, tardó unos segundos en recordar donde estaba y reconocer aquellas paredes desconchadas de color rosa palo. Alargó la mano hasta la mesita de noche para buscar el móvil y se sorprendió al ver que apenas pasaban dos minutos de las once de la mañana. Sintió una punzada de dolor al recordar como apenas años atrás cuando salía de viaje siempre tenía que enviar varios mensajes para informar que había llegado bien. Ahora nadie la esperaba en casa.

Pero aunque esto le doliera, había llegado el momento de olvidar totalmente su vida anterior, dejar de refugiarse en el dolor y asimilar que los recuerdos solo le estaban haciendo daño. Dejaría de lamentarse, de considerarse la víctima de toda esta historia y se demostraría a sí misma que podía salir adelante. *"Quizás algún día pueda volver a ser quien fui"*. No le cabía ninguna duda que los mejores años de su vida comenzaban ahora. Y decidió vivirlos plenamente. Sin prisas. Sin metas. Sin rumbo. Sin culpables.

Tras lo que había sido un año de letargo para Adriana, el sol maltés se colaba por la ventana y, como si se tratara de una auténtica inyección de vitaminas, había despertado en ella las ganas de vivir. Se desperezó y salió de la cama. Se puso una camiseta rosa, shorts vaqueros y sandalias planas. Como sospechaba, no había nada para desayunar, de hecho no había nada en la nevera ni en las taquillas, excepto sal y un puñado de ajos de dudoso aspecto que el anterior inquilino había dejado olvidados.

Cogió su bolso, las llaves y algo de dinero y salió en busca del supermercado que había visto unos días antes en Google Maps. A unas pocas manzanas de su apartamento encontró el Green, un pequeño supermercado de barrio con todo lo suficiente para subsistir. Era algo delicada con la comida, por lo que no pudo evitar fruncir el ceño cuando vio que no había manera de localizar en sus estanterías ninguna marca española o cualquier producto que le pudiera resultar algo familiar.

Cualquiera que mirara su cesta pensaría que ella era una de esas estudiantes Erasmus que gastan más en alcohol que en comer: arroz, pasta, patatas, huevos, verduras, un par de filetes de pollo, leche y magdalenas para los desayunos y media docena de plátanos. Desde que un día vio por la tele a los tenistas comer un plátano a mitad de partido, siempre llevaba uno en el bolso por si no le daba tiempo a comer en casa. Y con su nuevo trabajo de horarios imposibles le haría más falta que nunca esa inyección extra de potasio a deshoras.

Fue seleccionando el resto de artículos de su primera compra sin tener en cuenta el precio. Faltaban apenas unos meses para que Malta entrara en el euro, pero aún en los comercios se exponían los precios en liras maltesas, sin equivalencias que pudieran orientar al turista o al nuevo ciudadano. Cuando hubo terminado, a la hora de pasar por caja la atención una chica que mostraba ser fría como un témpano. Ni siquiera el sol de justicia que hacía en la calle había logrado calentar sus venas. *"¿Será un escudo para protegerse del mundo igual que hago yo? ¿O solo es porque vive atrapada en un trabajo que no le gusta para lograr un sueldo con el que no llega a fin de mes?"*. Ninguna de las dos se molestaron en sonreírse ni en dar los buenos días. La carga interior de cada una de ellas pesaba más que la cortesía.

Al terminar su primera compra, iba cargada de bolsas pero volvió a casa por un camino diferente al que había tomado para la ida, algo más largo e igual de aburrido y vacío de nada que pudiera resultar atrayente. Comprendió que el barrio no tenía mucho que ofrecerle aparte de lo que se escondía en los muros de su urbanización y que si quería hacer algo interesante tendría que caminar hasta el centro de la ciudad más cercana, St. Julians, ubicada aproximadamente a 1 kilómetro del nuevo hogar de Adriana.

Por suerte para ella, ningún vecino se cruzó en su camino mientras recorría la urbanización. No deseaba entablar conversación con nadie, ni dar datos sobre sí misma... no por ahora. Aún no se sentía preparada para salir de su burbuja y no podía evitarse desconfiar de todo y de todos. Desconfiaba de Malta, desconfiaba de ella misma.

Ya de vuelta a casa y tras colocar desordenadamente su compra, sacó la agenda que había comprado en Barajas antes de su partida y anotó aquellos datos que le habían resultado interesantes desde su llegada a la pequeña isla mediterránea. Con la agenda sobre la mesa y la guía de viaje de bolsillo en la mano derecha, apuntó los lugares que no quería perderse de su nuevo país. Le encantaba ser turista, ponerse las zapatillas de deporte rosas, colgarse una bandolera al hombro y salir a ver el mundo a través de sus ojos y de su Nikon.

Tomar el sol en las playas de Mellieha y Golden Bay, visitar la exposición de Caravaggio en La Valeta, comprar pescado fresco en Marsaxlokk, tomar una copa en el bar latino de Paceville, probar los pastizzis en Sliema o pararse a reflexionar sobre su vida en los acantilados de Digli fueron las primeras tareas que se propuso tachar.

En ese preciso instante, un cosquilleo recorrió su delgado cuerpo y no supo identificar si se trataba de felicidad o de intriga ante la incertidumbre de lo desconocido. Pero si algo tenía claro, es que no se trataba de miedo. Ya no.

No dejaría que esas cinco letras llenas de maldad y vacías de vida marcaran el resto de sus días. Había llegado el momento de salir de su letargo, volver a abrir la mente y mantener cerrado el corazón, respirar, sentir. Vivir.

Capítulo 4

A la mañana siguiente, el ruido de un timbre incesante devolvió a Adriana a la realidad. Mientras bajaba las escaleras rehízo torpemente su coleta despeinada por la almohada y abrió la puerta sin saber a quién iba a encontrar. No tenía mirilla, pero abrió confiada al escuchar tras la puerta una voz femenina con signos de tener bastante más prisa que ella.

-Buenos días. ¿Adriana Sanz?

-Sí, soy yo.

-Traigo este paquete para usted. Firme aquí.

Tras intercambiar un par de gracias y ninguna sonrisa (*"¿por qué la gente no sonríe en este país?"*), Adriana volvió a subir los escalones mientras examinaba con detenimiento su paquete. Al ver el logo de su empresa supo inmediatamente que se trataba de su nuevo uniforme, había llegado a tiempo para su primer día de trabajo que comenzaría apenas unas horas después.

Una sencilla pero elegante chaqueta azul marino con una falda del mismo tono, una camisa blanca algo holgada y un pañuelo de color rojo intenso mostraban una Adriana femenina, joven, sexy y segura de sí misma. Frente al espejo, encontró sus ojos tristes adornados con el uniforme de azafata que desde pequeña había deseado lucir. Sabía que si sus padres pudieran verla serían las personas más felices y orgullosas del mundo.

Agitó levemente la cabeza como si con eso pudiera eliminar los pensamientos tristes y preparó los últimos detalles antes de su primer día de trabajo. Para ella, esta nueva experiencia era un regalo que no necesitaba de lazos ni envoltorios especiales. Las mejores cosas de la vida no se tocan, se viven, y en la vida de Adriana esta oportunidad laboral era mucho más que eso: una vía de escape, un nuevo rumbo, unas alas. Deseaba con todas sus fuerzas que durara mucho, que nunca tuviera que volver a huir, había llegado a Malta con la maleta repleta de esperanza y no quería abandonarla por la puerta de atrás.

¿Huir es de cobardes? No, huir es de valientes. Ser capaz de huir es ser capaz de reinventarse, de dibujar un nuevo comienzo cuando hemos llegado al final del túnel. Lo fácil sería conformarse, dejarse morir. Eso sí es ser cobarde.

La tarde llegó como llegan los veranos. Adriana subió a un taxi rumbo al Aeropuerto de Luqa, el camino contrario al que hizo poco más de 24 horas atrás. Al llegar al punto de encuentro, junto a los mostradores de facturación de su compañía, encontró a un apuesto moreno que sostenía un cartel con su nombre.

-Hola. Soy la chica de ese cartel, creo que me estás esperando.

-Encantado Adriana, soy Paolo. Voy a ser tu sobrecargo al menos durante tus tres primeros meses en Malta. ¿Me acompañas y te explico mejor?

Adriana no pudo evitar esbozar una sonrisa ante su nuevo compañero. Tenía algo en su expresión que le hacía confiar en él: quizás su mirada transparente o su risa amable y sincera. No le hizo falta preguntarle su nacionalidad para saber por su marcado acento que debía ser italiano, probablemente de la Toscana. Caminaba por el aeropuerto demasiado rápido, como quien conoce exactamente adónde va, como quien se encuentra en su hábitat natural y no necesita mapas ni guías. Aprovechó los dos pasos de ventaja que le llevaba su compañero para realizar un escáner rápido.

Paolo debía medir en torno al metro ochenta y cinco. Espaldas anchas, pelo recién recortado, ausencia total de vello facial, manos grandes y paso fuerte y seguro. Calculaba que podría tener unos treinta y dos años, aunque acertar la edad nunca se le dio bien.

Pronto llegaron a las oficinas que la compañía aérea tenía en el aeropuerto de Malta. Paolo la invitó a tomar asiento con gesto educado y le ofreció algo para beber:

-Un poco de agua natural está bien, gracias.

-Cuéntame un poco más de ti, Adriana. Veo en tu ficha que es la primera vez que trabajas como azafata.

-Así es. He volado más de 30 veces como turista, pero nunca había estado al otro lado. Viajar, volar, descubrir el mundo… esa es mi verdadera vocación y puedo decir que tengo la suerte de comenzar a trabajar en ello.

-Debo advertirte que no todo es un camino de rosas. A fin de cuentas trabajamos cara al público y los pasajeros a veces son un poco desagradables. Ya aprenderás a lidiar con ellos, no te preocupes. El consejo que te puedo dar es que mantengas siempre los pies en el suelo… aunque tengas la cabeza en las nubes.

Adriana rio alegremente con la comparación que Paolo le acababa de hacer. Lo había escuchado varias veces en sus compañeros de Escuela, pero ninguna sonaba tan bien como en los labios del italiano.

El atractivo sobrecargo sonrió también y clavó sus enormes ojos negros en la mirada color miel de Adriana. Esa chica le inspiraba ternura, parecía frágil, parecía pedir a gritos ese abrazo que nunca recibía. Solo le hicieron falta cinco minutos con ella para intuir que sus ojos tristes escondían una gran historia.

-Esta es una compañía pequeña, no somos muchos miembros en la tripulación por lo que pronto nos conocerás a todos. Solemos coincidir siempre los mismos en los turnos de trabajo: Kate y Alexandra son las otras azafatas que trabajarán junto a nosotros y en cabina encontrarás a Robert y Hans, piloto y copiloto respectivamente. Te caerán bien.

-Fantástico. Perdona que te interrumpa, ¿lo que hay escrito en esa pizarra es nuestro planning para hoy?

-Impresiona, ¿verdad?

Paolo no pudo evitar soltar una carcajada sonora ante la fascinación que mostraba el rostro de Adriana. Mientras que el resto del mundo pasaba su jornada de trabajo encerrado en las cuatro paredes de una oficina o frente al mostrador de un centro comercial, ellos iban a Marsella, con el tiempo justo para limpiar el avión partían hacia Roma, volaban a Sicilia y, finalmente, regresaban a Malta. Cuatro destinos y tres países en una sola tarde. Buena manera de estrenarse en el mundo de la aviación.

Mientras repasaban la ruta para hoy y las funciones encargadas a cada persona de la tripulación, entraron en la sala dos chicas con rostro cansado pero jovial. Ambas eran rubias, altas y delgadas, el clásico prototipo de azafata nórdica, aunque en pocos minutos se describieron como irlandesas. Alexandra y Kate le ofrecieron a Adriana una mano amiga en Malta, le hablaron de los pubs de moda, de los "taxis pirata" y de los barrios que debía evitar por las peleas que se formaban al caer la tarde. Se sorprendieron al escuchar que a Adriana le gustaba su apartamento; todos los trabajadores de su aerolínea habían comenzado viviendo allí pero pronto todos buscaron un alquiler en St. Julians, la zona más animada de Malta. De hecho, Kate y Alexandra compartían piso y tenían una habitación libre desde que Paolo se marchó por causas más que justificadas que aún era pronto para explicar.

-Si quieres vente a ver el piso cuando terminemos de trabajar, seguro que te animas a venirte con nosotras.

-Yo... no... aún no...

El jefe de cabina, Paolo, las interrumpió y Adriana agradeció en silencio no tener que dar más explicaciones. El primer contacto con sus compañeros estaba yendo demasiado bien y no quería estropearlo ahora dejando en evidencia sus problemas. El italiano recordó que debían comenzar las tareas previas al embarque del vuelo y, tras lanzar un guiño a Adriana, comenzó a repasar los puntos principales del día.

La primera jornada de trabajo transcurrió sin sobresaltos. La chica de los ojos tristes enmascaró su desesperanza tras esa sonrisa amplia y amable que ofrecía a sus primeros pasajeros. Siempre que cogía un avión le gustaba imaginar el motivo por el que sus compañeros de asiento volaban hacia esa ciudad más o menos lejana y ahora podía conversar con ellos, ayudarles a hacer su trayecto más agradable y ser parte de su viaje a varios miles de pies sobre el suelo.

Tan solo tuvieron un pequeño retraso en los vuelos entre Roma y Sicilia, cuando los pies ya comenzaban a doler y el estómago pedía algo más que nuggets precocinados, pero su primer día fue suficiente para saber que ser tripulante de cabina no era tan idílico como imaginaba de pequeña.

El sol ya se había ocultado cuando aterrizaron de nuevo en Malta. En menos de veinte minutos terminaron de recoger el avión y atravesaron el finger de vuelta a la terminal del aeropuerto. Kate y Alexandra propusieron tomar algo para celebrar el primer día de Adriana, pero la española tuvo rápida la respuesta negativa. Acusó al cansancio, omitió que era su alma la que estaba cansada y no su cuerpo, pero aun así la excusa sirvió. Pararon un par de taxis y Paolo, tan galante como lo había estado durante todo el día, se ofreció a acompañar a Adriana a Pembroke y después regresar dando un paseo hasta su piso de St. Julians.

Estuvo a punto de decir que sí pero la rigidez súbita de sus manos y el ritmo de la sangre que recorría sus venas le hicieron declinar la invitación. *"Si ahora aceptas su compañía no solo entrará en tu casa, también en tu vida"*. No podía permitirse ese lujo innecesario, dentro de su coraza se vivía mejor.

Se despidieron alegremente y dejaron que Adriana tomara el primer taxi que había parado frente a la terminal. De regreso a casa, revisó la ruta para mañana y sonrío recordando a Kate, Alexandra, Robert y Hans... pero su sonrisa se hizo más grande al pensar en Paolo.

Capítulo 5

Volvía a casa exhausta tras una primera jornada de trabajo absolutamente satisfactoria. Fantaseaba con quitarse los tacones y ponerse el pijama, hervir un poco de agua y prepararse una sopa instantánea de sobre antes de meterse en la cama.

Rebuscó en su bolso, le costó encontrar las llaves. Por fin dio con ellas, metió la más grande en la cerradura de la puerta de la que ya consideraba su casa, pero algo la interrumpió en el preciso momento en que se preparaba para abrirla.

-¿Adriana?

Cada músculo de su cuerpo se paralizó mientras su piel se erizaba y sus ojos se abrieron inexpresivos, presos del pánico. Trató de correr, huir de nuevo, pero el miedo pudo más y las piernas no le respondieron. La habían encontrado.

Capítulo 6

-¿Adriana? -aquella voz masculina que le resultaba vagamente familiar volvió a repetir su nombre y, como por arte de magia, la sangre volvió a circular por el cuerpo de la chica de los ojos tristes, quien se dio la vuelta despacio, oteando rápidamente las salidas por las que escapar si sus zapatos de azafata se lo permitían.

Adriana recobró la circulación y también la respiración cuando descubrió que su misterioso visitante era Khalid, el amable recepcionista al que había conocido apenas unas horas atrás. Su bonita camisa blanca lucía algo arrugada a estas horas del día y su rostro, aunque igual de sonriente que en aquel primer encuentro, ahora mostraba algunos signos de cansancio.

-Lo siento, no pretendía asustarla, solo la vi pasar y... bueno ... -Khalid trató de disculparse de la mejor forma que supo, a medio camino entre la vergüenza y la timidez que quienes le conocían bien sabían que le caracterizaba.

-No te preocupes -se apresuró a decir Adriana-. Ha sido culpa mía, soy muy asustadiza y aún ando un poco a tientas por este país.

Sus miradas se mantuvieron apenas unos segundos en contacto, suficientes para hablar sin decir ninguna palabra. La de Adriana irradiaba ese halo de nostalgia que no conseguía borrar a pesar de haber puesto tantos kilómetros entre la causa de su tormento y su yo presente; la de Khalid, por su parte, reflejaba curiosidad hacia la nueva inquilina. Le parecía una chica realmente interesante a pesar de no haber cruzado con ella más de las dos frases necesarias para instalarla en su nuevo apartamento.

-Olvidé darle la planificación mensual de actividades de nuestro complejo. Como seguro que ya sabe además de apartamentos, también somos una escuela de inglés para extranjeros y ofrecemos otro tipo de actividades.

-Por favor, puedes tutearme. Muchas gracias, Khalid. -Adriana bajó la vista hacia la chapa de aquel hombre que tenía plantado ante ella y fue entonces cuando reparó en sus suaves rasgos árabes, algo que había pasado por alto la primera vez que le conoció.

Por su enclave estratégico, Malta había sido desde siempre un país mestizo. Árabes e italianos se confundían entre los propios malteses autóctonos, con quienes compartían bastantes rasgos, a veces casi imposibles de diferenciar. Casi todos los habitantes de aquella pequeña isla mediterránea tenían en su pedigrí algún antepasado tunecino o siciliano; algunos, franceses o croatas, aunque este grupo estaba en clara minoría.

Efectivamente, Khalid era maltés de nacimiento pero su familia paterna procedía íntegramente de Túnez. Él, junto con su hermano pequeño Ibrahim, eran los únicos nacidos fuera de territorio árabe y gracias a la influencia de su madre, de origen maltés desde las últimas generaciones que su familia podía recordar, apenas llevaban intrínsecas las costumbres de aquella religión.

Khalid bebía alcohol, comía cerdo y no celebraba el Ramadán. Nunca había visto a su padre practicarlo, aunque éste le contaba historias de su abuelo y del abuelo de su abuelo, cuyas raíces estaban mucho más arraigas al Islam. Su desapego con la religión podía haber estado influido también por el hecho de que Khalid no tuvo nunca relación con sus primos, que vivían en Túnez, bastante más seguidores del Islam que él. Por lo que él sabía, no eran radicales, pero sí tomaban al Corán como un camino a seguir y el lugar donde encontrar todas las respuestas.

Tras una despedida amable pero parca en palabras, Adriana cerró tras de sí la puerta y no pudo evitar pensar en todos aquellos desconocidos que se habían cruzado hoy en su camino. El guapo Paolo, las esbeltas Kate y Alexandra, los simpáticos Hans y Robert y aquel agradable recepcionista que prácticamente la había asaltado en su puerta dándole un susto de muerte.

Subió las escaleras con menos energía de la que las había bajado y colgó en el perchero del minúsculo pasillo su chaqueta y su bolso. Fue hacia su habitación y cuidadosamente se sentó en la cama mientras se deshacía de los zapatos. Realmente no eran del todo incómodos, pero para una primera jornada con demasiadas horas sobre ellos no resultaba el calzado ideal. El tacón, aunque fino, no era demasiado alto; la talla quizás no era la más adecuada, pero de inmediato descartó la idea de pedir un número más a su aerolínea. Mejor no comenzar a llamar la atención tan pronto. Mañana bajaría a St. Julians y buscaría algunas plantillas sobre las que el pie descanse mejor. Cargaría también con un buen puñado de tiritas: en vista del resultado del primer día las iba a necesitar.

Colgó metódicamente el resto de su uniforme en una percha, mirando con pereza la maleta aún sin colocar. Realmente no guardaba mucho en su interior, otro motivo por el que echar un vistazo por las tiendas de ropa de la isla en busca de un nuevo estilo, algo que la ayudara a terminar de definir el personaje que se había creado para sí misma.

Pero eso sería mañana: estaba tan cansada tras su primera jornada que ni siquiera reparó en que en aquel diminuto apartamento maltés no había ni un televisor con el que entretenerse tras la sobremesa. Se metió entre las sábanas de algodón, de nuevo a solas con ella misma. Y como cada noche, volvió a soñar con él.

Capítulo 7

La ruta para el siguiente día era algo más calmada, tan solo un par de trayectos por delante, por lo que si madrugaba tendría la oportunidad de ir de tiendas antes de marcharse hacia el aeropuerto y buscar esas plantillas que sus pies pedían a gritos. No estaba acostumbrada a usar tacón y a pesar de las horas de descanso, sus pies se quejaban doloridos por la batalla del día anterior.

Se tomó un café rápido acompañado de unas magdalenas de yogur que había comprado en el Green. Aunque dicen que el desayuno es la comida más importante del día y debemos dedicarle tiempo, Adriana apenas terminó en 5 minutos. *"¡Qué fácil es la vida cuando estás sola!"*. Fregó el vaso y la cucharilla que había manchado, no le gustaba dejar nada sucio o sin hacer en casa porque nunca sabes cuándo vas a tener que salir corriendo. Se lavó los dientes en menos tiempo del que recomendaría un odontólogo y recogió su pelo en una coleta alta, sujetando con algunas horquillas que encontró en su neceser los mechones que quedaban sueltos.

Sin duda ya iba siendo hora de deshacer la maleta y colocar las pocas pertenencias que había llevado a Malta con ella. Para ese día, decidió coger la misma camiseta rosa de la otra mañana, los mismos vaqueros y tan solo cambió las sandalias por unas deportivas cómodas. Esta tarde le esperaba otra sesión de tacones y cuanto más descansara los pies, mejor.

Al contrario que el resto de los humanos, a Adriana no le gustaban las duchas mañaneras, pero por hoy decidió cambiar de rutina y dedicar unos minutos a su aseo personal. Lo más probable era que esta noche llegara de nuevo cansada y prefiriese tener una larga conversación con la almohada en lugar de confesar sus pecados bajo la alcachofa de la ducha.

De su escueto neceser de Minnie Mouse, rescató su esponja rosa, el gel tamaño viaje que había traído desde España y la cuchilla de afeitar para darse un repaso rápido en las piernas. Cuando se disponía a meterse en la ducha, le sorprendió una música estilo celta que provenía del piso vecino que tenía a su izquierda. A pesar de que el volumen era lo suficientemente alto como para escuchar la melodía, no conseguía distinguir la letra que en la distancia le parecía estar cantada en idioma español.

En el instante en que sus pies se pusieron en contacto con el agua de la bañera, dio gracias a Dios porque en ese cuchitril hubiera agua caliente. Definitivamente no era el piso de sus sueños, pero para lo que ella estaba buscando era más que suficiente. Bajo el chorro de la ducha, con cuidado de no mojarse el pelo para no perder más tiempo del necesario, le vinieron a la mente imágenes de hace tan solo unos años: una sonrisa, un piso bastante más acogedor que el que ahora era su hogar, una televisión a todo volumen, unas cajas de pizza y él. Estaba tan concentrada en sus pensamientos de lo que algún día fue una vida feliz que no se dio cuenta que el agua comenzaba a quemar. Conocía el desenlace, conocía el final de aquella historia y ni siquiera el fuego más abrasador podría doler más que aquello. Le quiso y una parte de ella aún lo seguía haciendo. A pesar de todo, a pesar de todos, a pesar de ellos mismos. A pesar de él.

Cuando su piel no aguantó más calor, cerró en un acto reflejo el grifo lleno de cal y maldijo su suerte una vez más por no haberse acordado de coger una toalla donde pisar al salir. La alfombrilla que estaba arramblada en un rincón del cuarto de baño no le inspiraba demasiada confianza y su instinto escrupuloso le hizo imaginar el número ingente de pies que habrían pasado por allí. Otra compra básica que debía hacer con urgencia.

El sol de aquella mañana brillaba con fuerza sobre la isla de Malta y Adriana decidió bajar a St. Julians dando un paseo. Había localizado un pequeño centro comercial llamado Bay Street donde además de unas cuantas tiendas de ropa (la mayoría desconocidas para ella) había un McDonald's, por lo que tendría donde comer si el tiempo se le echaba encima y la sesión de shopping se prolongaba demasiado.

Tardó apenas 20 minutos en llegar al centro comercial, aún más pequeño de lo que había imaginado pero que sería suficiente para lo que ella estaba buscando. En una isla como Malta, pequeña tanto en dimensiones como en población, era lógico que no hubiera una gran mole de tiendas.

Si alguien la estuviera observando, pensaría que su ruta dentro del centro comercial era totalmente arbitraria y desordenada, pero para ella sí tiene un sentido, como todo lo que hacía. Comenzó por aquellas que sí tenían presencia en España: Women Secret, Cortefiel, Adidas, Armani Jeans (demasiado caro para una cuenta corriente que aún no había recibido la primera nómina) y Tommy Hilfiger. Los elevados precios de la mayoría la invitaron a probar suerte en aquellas tiendas que no había visto en su vida. Aun así, a estas alturas ya cargaba con un pijama a cuadros rojos y blancos y unas zapatillas de casa a juego, unas deportivas marrones de estilo urbano y un vestido verde de punto en manga corta. Ni rastro de aquellas plantillas que habían sido el motivo para salir.

Pasó frente al escaparate de Jennyfer y las etiquetas con precios ajustados la invitaron a entrar. Una simpática dependienta con rasgos árabes y mechas rubias la saludó mientras doblaba con bastante soltura un par de jerséis de cuello alto que alguna clienta había dejado tirados.

Ojeando rápidamente la tienda y en un primer escaneo que le dejó buenas impresiones, decidió probarse unos tejanos oscuros, unas botas marrones de cuña baja y flecos, un par de camisetas básicas y una camisa color lima con cuello chimenea. Sorprendentemente, todo le sentaba como un guante excepto las botas, que terminó cogiendo un número menos. Mientras acababa de pagar, miró el reloj: tal y como había previsto se le había pasado la mañana volando, por lo que puso rumbo sin dudarlo hacia la hamburguesería. No era la comida más sana del mundo, pero esto podría catalogarse como una emergencia.

Sin embargo, no llegó a su destino. Mientras estaba en el hall principal tratando de orientarse, escuchó como unas voces alegres y joviales la llamaban desde la puerta de Marks&Spencer. Eran Kate y Alexandra. O Alexandra y Kate. El dúo que parecía inseparable y que Adriana siempre las había visto en pack de dos. Ahí estaban de nuevo con su altura imposible de igualar, su melena rubia natural y su desparpajo irlandés.

-¡Hola Adriana! Ya veo que no te ha hecho falta mucho tiempo para conocer los mejores sitios de St. Julians -fue Kate la encargada de romper el hielo y saludar con dos sonoros besos a su nueva compañera en las alturas.

-Sí, miré en Internet algún centro comercial donde comprar un par de trapos y solo me salía Bay Street -se dio cuenta que quizás iba a parecer una fashion victim al haber sucumbido a la tentación de ir de compras apenas unas horas después de su llegada a Malta y reculó al instante- En realidad he bajado a St. Julians para buscar unas plantillas para los zapatos del uniforme, pero no he encontrado nada.

-Hay una farmacia cerca de nuestro piso. Vente a comer si no tienes planes y te enseñamos dónde está por si necesitas alguna vez una medicina

-En realidad iba a comer en McDonald's, se me ha echado la hora encima y no quiero llegar tarde al trabajo.

-Vivimos a dos minutos de aquí -esta vez fue Alexandra quien la interrumpió-. Venga, no se hable más, hemos dejado hecha pasta a la boloñesa antes de salir y nos ha salido cantidad para alimentar a todo el pasaje de esta tarde. Así nos ponemos al día.

A Adriana lo último que le apetecía era una tertulia entre amigas que en realidad no lo eran, pero le pareció descortés declinar de nuevo su invitación y esta vez aceptó con una sonrisa forzada. Al menos su figura agradecería cambiar una hamburguesa por un plato de comida casero.

Tal y como le habían prometido, pararon en una farmacia que tenían apenas a unos metros de su casa y compró dos pares de plantillas de descanso con la intención de estrenarlas esa misma tarde. Aprovechó también para adquirir Ibuprofeno, tiritas, termómetro, agua oxigenada y Biodramina, su botiquín básico. Unos segundos después estaban en la puerta del piso de Kate y Alexandra. No hacía falta escudriñarlo con demasiada atención para saber que el piso de ellas era bastante mejor que el de Adriana: para empezar, éste sí tenía un salón como tal y no una habitación improvisada como pequeña sala de estar con cuatro camas haciendo las veces de sofás. El piso de Kate y Alexandra era bastante cuadrado y daba al exterior tanto por en su orientación norte como en la sur. El salón era bastante espacioso, al igual que la cocina. Las habitaciones eran algo más pequeñas pero se contaban hasta cuatro por lo que el espacio y la intimidad estaban garantizadas. Actualmente tenían ocupadas dos de ellas, una tercera estaba destinada a ser un vestidor para las chicas y la última se encontraba actualmente a la espera de ser ocupada por un nuevo inquilino. Hasta hacía apenas unas semanas, era Paolo quien dormía aquí, pero alguna que otra desavenencia con las chicas le hizo marcharse para buscar su propio hogar antes de que la convivencia (y alguna canita al aire, todo hay que decirlo) terminara por matar su amistad y su buen ambiente laboral.

Kate le enseñó risueña los dos cuartos de baño, un auténtico caos, ambos con los lavabos llenos de cremas, mascarillas y potingues varios que Adriana ni siquiera sabía que existían. Cada una se había agenciado uno de los baños desde que Paolo se marchó, a Dios gracias, ya que antes la pelea por quien entraba primero a la ducha o quien pasaba demasiado tiempo depilándose era una escena cotidiana en el piso de las irlandesas.

Pero lo mejor de aquel piso era la fantástica terraza con vistas al mar. A pesar de estar en el centro de St. Julians, gozaba de una posición privilegiada y en aquel lugar se podía uno perder en sus pensamientos. Fue precisamente en la terraza donde Alexandra propuso almorzar para aprovechar el fantástico día que el clima maltés les estaba regalando. Subieron el toldo a rayas marrones para que entrara más el sol y mientras hacían bromas sobre quien de las tres se broncearía antes, terminaron de calentar la comida y servirla.

No había exagerado cuando dijeron que tenían comida para un regimiento. Adriana degustó con ganas aquellos deliciosos macarrones con carne picada y tomate casero que Alexandra había preparado y aliñó la comida con algunos tímidos cumplidos hacia el hogar de las chicas y su buena mano con la cocina. Aunque no le apetecía lo más mínimo, le pareció grosero irse nada más comer y aceptó ese café de la sobremesa.

Pero, tal y como suponía, el café vino acompañado de unas pastas árabes y una batalla de preguntas que Adriana sentía como si fueran flechas lanzadas al centro de su corazón.

-¿Por qué elegiste Malta? -fue Alexandra la primera en romper el hielo mientras daba el primer sorbo de aquel café que, lejos de lo que Adriana pudiera pensar, no estaba envenenado.

-En realidad fue Malta quien me eligió a mí. Yo solo quería salir de España - *"mierda, Adriana, no digas eso"* -. No es que estuviera muerta de ganas de España, pero siempre me había llamado la atención eso de vivir una temporada fuera de mi país. Otras experiencias, otras culturas, ya sabéis...

Mi primera opción siempre fue Londres, supongo que guiada por aquello de que es la ciudad europea de la que más oímos hablar desde pequeños. Pero la primera oferta llegó de Malta y bueno... aquí estoy. No me arrepiento.

-¿Qué has visto ya de la isla? Nosotras la conocemos muy bien, podemos enseñarte sitios - esta vez fue Kate quien se mostró solícita.

-Hasta ahora, apenas nada. Solo St. Julians y Pembroke, mi barrio. Bueno, y el aeropuerto, claro -Kate hizo una mueca de desagrado, le gustaba volar pero las esperas en el aeropuerto la mataban.

-Un día tenemos que ir a Comino, te va a encantar. Es como si estuvieras realmente en una isla desierta, un diminuto trozo de tierra en mitad del océano, al estilo de Perdidos. De hecho, nosotras siempre hemos bromeado con perder el barco de vuelta "accidentalmente" y pasar la noche allí, tiene que ser una experiencia.

-Si no fuéramos tan miedosas, lo habríamos hecho ya -apuntó Alexandra mientras elevaba su taza de café.

-Si un hombretón como Paolo nos acompañara, te aseguro que no nos daría ningún miedo -esta vez fue Kate quien replicó con gesto picarón.

-Oye Adriana, hablando de Paolo, ¿te has fijado cómo te miraba ayer?

-¡Alex! -la reprendió Kate-. Tú siempre igual,

parece mentira que seas precisamente tú la que haya estado colgado por él.

-No estuve colgada, ya lo sabes, fue solo un lío que realmente nunca debió ocurrir porque no es bueno mezclar el trabajo con el... ¿amor? Pero no desvíes la conversación, Adriana, ¿qué te pareció Paolo?

-Bueno, no sé, guapo, supongo -Adriana se mostró demasiado dubitativa y el color rosado que comenzaban a adquirir sus mejillas no ayudaban nada.

-Te estás poniendo roja. ¡Venga, confiesa, que estamos entre amigas!

-Alexandra, si ha dicho que no le gusta, será que no le gusta, ¿no? Tú siempre tan pesada. Ni que Paolo fuera un Adonis, aunque no te lo creas hay gente que no bebe los vientos por él, ¿sabes? -el tono de Kate comenzaba a sonar demasiado áspero y Alex decidió cambiar de tema.

-No hace falta que te pongas así, no sé qué narices te pasa que últimamente no se puede hablar de Paolo delante de ti. Solo quería dejarle claro a Adriana que si quiere algo con él, por mí tiene vía libre. Es una compañía pequeña y tarde o temprano se iba a enterar de lo nuestro. Mejor que sea por mí, ¿no crees?

-Te lo agradezco, Álex, pero no vengo a Malta buscando nada. De hecho te aseguro que ahora mismo es lo último que me apetece y aunque

Paolo sea un hombre muy atractivo ni siquiera me había fijado en él -mentía, mentía como una bellaca y la forma de tocarse la nariz impulsivamente con la mano que el café le dejaba libre la delató-. ¿Duró mucho lo vuestro?

-En realidad sí, pero fue algo raro -la explicación de Alexandra sonaba más a excusa que a otra cosa-. Vivía aquí con nosotras, pasábamos mucho tiempo juntos por el trabajo, teníamos demasiadas cosas en común y ya sabes, al final es inevitable que pase. Aunque en realidad creo que nunca estuvimos enamorados el uno del otro, al menos no como se cuenta el amor en las películas. Pero de la noche a la mañana cambió, le dio una especie de paranoia. No quería vivir aquí, no quería vernos ni a Kate ni a mí, no quería dar explicaciones pero yo tampoco se las pedí. No me gusta acabar mal con mis ex.

-Creo que deberíamos irnos, el café se enfría y Adriana tendrá que pasar por casa para cambiarse antes de ir a trabajar -el tono de la dulce Kate se había tornado tan amargo como el café que ahora caía hasta su estómago.

-Nos vemos dentro de un rato, muchas gracias por la comida y lo dicho, tenéis un piso precioso, mejor no os enseño nunca el mío.

Las tres nuevas amigas rieron. En realidad sí se podían hacer una idea muy cercana a cómo podía ser el piso de Adriana en Triq Alamein. Se despidieron con dos sonoros besos y cerraron la puerta pensando en lo simpática que era su nueva compañera.

Por su parte, Adriana abandonó el piso con una extraña sensación. Volvía a sentirse joven y agradecida de tener dos nuevas amigas, pero su sexto sentido le decía que aquello no iba a ser tan fácil como parecía. Por su parte, su corazón, a un ritmo totalmente arbitrario, en una dimensión diferente al plano donde se encontraban sus deseos y su lógica, le gritaba que los brazos de Paolo podían ser el lugar más seguro donde nunca antes hubiera estado.

Capítulo 8

Kate no atinaba ni siquiera a cerrar la cremallera del bolso de la rabia contenida que guardaba tras aquella comida. Por mucho que quisiera disimular, pudo ver en los ojos y en las mejillas de Adriana que aquella chica española de sangre caliente no miraba a Paolo con la indiferencia que había tratado de transmitir.

Kate se había jugado mucho, demasiado por él y no iba a permitir que una nueva forastera le arruinara la jugada. Estaba dispuesta a cualquier cosa por volver a conquistar a Paolo como lo hizo aquella noche. Miró el reloj y supo que le daría tiempo a escribir en su diario una pequeña entrada con los últimos acontecimientos. En aquel cuaderno guardaba sus más íntimos secretos, como la mentira que le había contado a Hans para escaquearse del trabajo aquella vez o la noche que pasó entre los brazos de Paolo sin que Alexandra lo supiera y que fue el desencadenante de su ruptura.

Sobre aquel desliz, Paolo dijo que fue el vino, ella hablaba de destino, de "yo te vi primero", de demostrarle que era a ella a quien quería y no a su amiga.

Si tres ya son multitud, no iba a permitir que una cuarta entrara en escena.

Costara lo que costara.

Capítulo 9

El vuelo procedente de París llegó con bastante adelanto, algo que para los pasajeros sigue pareciendo raro en aviación, por lo que la tripulación que cogería la siguiente ruta pudo subir a bordo antes de tiempo y preparar el vuelo. Recoger basura, plegar mesitas, comprobar que todas las revistas estaban en su sitio... El personal saliente había dejado la mayor parte del trabajo hecho y sobró bastante tiempo para mirar las musarañas mientras esperaban a que el pasaje comenzara a embarcar.

Con los pies aún en la tierra y la cabeza ya a varios metros sobre las nubes, Adriana agradeció esos segundos de tranquilidad dentro del aeroplano. Desde pequeña, los aviones siempre le dieron una paz interior que perdió demasiado pronto. Los motores ahora callados eran el punto fijo hacia el que Adriana dirigió su mirada. Sentada en el 27A, como si de una pasajera más se tratara, entrelazó sus manos mientras se acariciaba el dedo anular que en algún tiempo lejano perteneció a otra persona. Sonrió. Se deshizo de ese gesto involuntario y pasó las manos por su pelo sedoso para a continuación jugar con los discretos pendientes de oro blanco, regalo de su madre cuando cumplió los 18 años. Instintivamente, apretó un poco más la tuerca para evitar perderlos en un despiste.

El motor del avión dejó de ser su punto de distracción y oteó el movimiento que ahora se producía en la pista. Decenas de operarios trabajando para que el vuelo pudiera salir puntual: mientras unos cargaban maletas, equipajes de vidas y destinos, con una habilidad demasiado descuidada, otros realizaban el chequeo rutinario del avión con menos interés del que deberían. A unos metros de la panza del avión pudo ver también a dos hombres con chaleco reflectante comiendo sin prisa un bocadillo. No les conocía de nada, no supo distinguir si era a causa de llevar poco tiempo en Malta o si realmente hay un muro invisible entre el personal de tierra y el de aire. Una especie de barrera que delimita el status de los que se atrevieron a ser almas itinerantes, dueños de ninguna parte, de aquellos para los que el trabajo no había sido motivo suficiente para abandonarlo todo y vivir entre las nubes.

Inclinó levemente la cabeza para poder ver mejor la cristalera de la terminal. Recordó las horas muertas que había pasado al otro lado: cuando era más joven, siempre que tenía que coger un vuelo llegaba antes, mucho antes, para poder respirar ese ambiente que solo existe en los aeropuertos y disfrutar de unos minutos, horas en muchos casos, simplemente mirando la zona de las pistas. Le encantaba ver los aviones despegando, aterrizando o sencillamente parados esperando a embarcarse en un nuevo viaje. Le gustaba observar minuciosamente a la gente que iba y venía: notaba en sus rostros quien era un pasajero experimentado y quien volaba por primera vez. Jamás compró una revista o leyó un libro en la terminal. Demasiado mundo a su alrededor, demasiadas historias de las que no se cuentan con palabras. Demasiada vida para despegar los ojos de ella.

Paradójicamente, nunca se imaginó estar al otro lado de la cristalera. Imaginó que justo hacia donde ella miraba ahora, habría una chica cargada de ilusiones observando el mundo con los mismos ojos de inquietud que ella misma seguía teniendo cada vez que pisaba un aeropuerto. Ni todo el daño de los años había podido destruir aquel rasgo innato de Adriana.

Siempre que pensaba en su pasión por los viajes, no podía evitar acordarse de su tía Carla. La alegre y vital Carla, aquel pariente que todas las familias tienen y que se convierten en una pieza fundamental en el engranaje de todas las relaciones. Para ella, al igual que para el resto de sus primos, Carla había estado siempre muy presente en su vida y realmente la echaba de menos. Lo notaba en aquellos momentos de evasión, de soledad, que disfrutaba de cuando en cuando. Su conexión con su mundo anterior, un hilo que le cortó costar más de lo que hubiera podido imaginar.

Dejó sus pensamientos aparcados cuando notó la figura helénica de Paolo caminando hacia ella. Se avergonzó instantáneamente del leve rubor que adornaron sus mejillas al verle llegar.

-¿Está ocupado el 27B, señorita? -la enorme sonrisa que se dibujó en sus labios dejaron ver una dentadura perfecta que hizo temblar a Adriana de arriba abajo.

-Si nadie lo reclama, puedes sentarte -le devolvió la sonrisa tratando de volver a igualar el tono de su piel.

-¿Qué haces aquí sola?

-Nada en especial, descansar un poco antes de que el pasaje comience a pedirnos vasos de agua, revistas o cualquier otra cosa que sea gratis.

-Me han dicho las chicas que hoy habéis comido juntas. Me habría encantado estar allí, una reunión de mujeres siempre es un peligro -

levantó la vista y se cruzó con los ojos acusadores de Kate al otro lado de la cabina, preparando las primeras bebidas del carrito. No pudo evitar agachar la mirada y sentir lo que aquello le podría traer... otra vez.

-Lo cierto es que hemos hablado bastante sobre ti, me han contado cosas muy interesantes, ¿sabes? -Adriana aflojó el tono cuando se descubrió a sí misma con un aire un poco recriminatorio. ¿Qué pretendía? ¿Qué saliera corriendo aquel Adonis ante la visión de (otra) chica celosa?

-Sí, supongo que ya estarás al día de mi historia con Alexandra. Adriana, no quiero que...

-No tienes que darme ninguna explicación, Paolo. Es tu vida, es tu pasado, son tus relaciones. Solo soy tu compañera, no te voy a juzgar -trató de salvar la situación al notar a un Paolo inseguro, pero se arrepintió inmediatamente de aquel "solo soy tu compañera" que había emanado de sus labios.

-Lo sé, lo sé, pero precisamente porque eres mi compañera no quiero que pienses que soy un buitre en busca de todo lo que lleve falda, tacones y un pañuelito en el cuello -bromeó mientras rozaba el impoluto pañuelo de Adriana. Juraría que la había notado erizarse cuando durante un escaso segundo la piel de sus dedos se confundió con la de su cuello-. ¿Kate te ha dicho algo?

-¿Kate? ¿Sobre qué? ¿También ha sido tu presa? -trató de bromear pero se arrepintió al instante al ver su rostro endurecerse-. Perdona, era solo una broma.

-No, para nada, no me ha molestado. La noto algo seria, solo quería saber si le pasaba algo o si os había dicho algo, solo eso.

Mientras el mundo a su alrededor seguía girando, Adriana y Paolo sincronizaron sus relojes vitales con un tictac bastante más lento, casi inerte. Sus miradas se quedaron enganchadas con un magnetismo que pocos mortales conseguían sentir a lo largo de sus irrelevantes vidas y sus labios se curvaron levemente, acariciando un aire que los separaba y que los unía a la vez en una respiración compartida. Adriana y Paolo. Paolo y Adriana.

Ninguno de los dos podría haber adivinado cuánto tiempo pasó durante ese mágico letargo, podrían haber sido horas o tan solo milésimas de segundo. Hans rompió la magia del momento entrando en una escena para la que no había sido invitado en el guion.

-Chicos, ¿me echáis una mano? Robert y yo necesitamos que alguien venga al control de mandos, Alex está ocupada y a Kate la veo demasiado ausente, no la noto muy centrada hoy, prefiero asignarle lo mínimo posible. ¿Podéis venir? -Hans, a pesar de ser el copiloto, siempre se mostraba muy cercano con el resto de la tripulación y ni él ni Robert miraban a nadie por encima del hombro.

-Sí, claro, voy yo.

Adriana se adelantó y caminó con paso firme junto a Hans. Pasó junto a Kate y notó en ella una mirada glaciar. Quizás realmente le ocurría algo o simplemente estaba cansada de tanta espera en aquel reducido espacio.

Paolo se quedó en el 27B con una extraña sensación que no supo reconocer. No eran mariposas. No era un gusanillo. No era nada parecido a lo que había sentido anteriormente. Aquella chica con ojos tristes había sabido removerle por dentro con solo una mirada. No podía decir tampoco que fuera amor, no creía en ese tipo de flechazos que te cambian la vida y que te unen por siempre y para siempre a un completo desconocido.

Entonces, ¿que había sido aquello? ¿Por qué las piernas aún le temblaban? Paolo, el hombre fuerte; Paolo, aquel que siempre había tenido todo cuanto había querido en lo que a género femenino se refiere; el seguro Paolo; el indomable Paolo; el hombre que había visto desfilar por su habitación a un porcentaje demasiado elevado de azafatas, se sentía ahora absolutamente derrumbado por una chica mediterránea a la que prácticamente acababa de conocer.

La observó alejarse con naturalidad por el estrecho pasillo del avión y trató de recuperar la cordura. *"Llevas demasiado tiempo solo. Nada que una noche en Fuego o Buddha no pueda solucionar"*. Lo último que quería era volver a engancharse con una compañera de vuelo, lo de Alexandra no había acabado mal pero lo de Kate le había servido de escarmiento para no volver a retozar entre las faldas de su compañía.

Cuando terminó su tarea, Adriana se despidió de Robert y Hans y regresó a su puesto donde encontró a una Kate algo meditabunda. Sonrió amablemente a la chica con la que había comido hacía apenas unas horas y reparó en que quizás tenían más cosas en común de lo que había podido apreciar en los primeros momentos juntas.

Tras su despampanante físico irlandés se escondía una chica algo tímida, un rasgo que sabía camuflar bien y que no le permitía tener problemas para relacionarse. De hecho, solía ser bastante abierta y alegre, aunque quien escarbaba bien en su interior se encontraba con un carácter algo reservado y desconfiado.

Su siempre inmaculado maquillaje, sus joyas perladas y sus uñas con manicura francesa como recién salida del salón de belleza daban una imagen de chica pija que, lejos de no reflejar correctamente la realidad, quizás solo la exageraba un poco.

Aunque era muy parecida a su compañera de piso, Alexandra solía ser aquella que caía peor de las dos en los primeros encuentros. Su inteligencia desbordante y su carácter (demasiado) sincero, la habían llevado a tener más de un encontronazo fruto de un malentendido desafortunado. Pero tras este carácter fiel a sus principios se escondía una Alexandra bondadosa, amante de los animales, de las personas y con un corazón tan grande que era capaz de perdonar incluso a quienes más la habían defraudado en el pasado.

A Adriana le habían caído muy bien las dos muchachas, pero aunque pensaba que con Alexandra se podía divertir más en una sesión de compras o una noche de fiesta en Paceville, con la enigmática Kate sintió que podía conectar mejor y buscar en ella su aliada de confidencias en la isla maltesa. Ambas eran prácticamente idénticas físicamente, pero en su interior había un tornado de diferencias, no siempre perceptibles a primera vista.

-¿Estas bien? -fue Adriana quien rompió el hielo de aquel incómodo silencio-. Te notamos algo rara desde que hemos subido al avión. Si te ocurre algo puedes contármelo.

-Solo me duele un poco la cabeza -por primera vez en lo que iba de tarde, suavizó la expresión y el halo angelical volvió a su rostro-, gracias por preocuparte. A veces es difícil encontrar quien te tienda la mano en este mundo de locos.

-No tienes que darme las gracias, otra tanda de macarrones a la boloñesa y me doy por gratificada -con esta nueva broma de Adriana el ambiente terminó de relajarse.

-Por cierto, creo que aún no te hemos dado nuestro teléfono. Mándame luego un mensaje y te agrego al grupo que tenemos de la compañía. Aunque te recomiendo silenciarlo, cuando comienzan a mandar fotos no hay quien les pare.

-Tomo nota -respondió risueña.

-También puedes escribirme para quedar, si te apetece salir a tomar algo o simplemente un café. No debe ser fácil llegar sola a un país, aunque se trate de este pequeño trozo de tierra en mitad de la nada.

Definitivamente, no lo era. Aún menos cuando el pesado equipaje con el que uno llega a un nuevo lugar no se carga en el interior de una Samsonite con ruedas, sino que son los hombros quienes tienen que soportar la dura carga de los años, la pesada influencia de los daños. Un operario pidió paso al interior del avión y anunció que el vuelo por fin iba a comenzar a embarcar. Las chicas interrumpieron su conversación y se alistaron junto a la puerta para dar la bienvenida a los pasajeros de hoy.

Los azafatos deberían tener algo de actores. Mientras recibían al pasaje con su perfecta sonrisa, cada uno escondía un secreto en su interior, un terremoto de sensaciones aliñado con preocupaciones que sin embargo no encontraban reflejo en sus entrenados rostros: Adriana se debatía entre lo que algún día fue y lo que podría ser, Kate sentía no haber superado aún las mariposas con las que aquella noche se desveló en brazos de un atractivo toscano y Alexandra no dejaba de pensar que su acercamiento a Adriana estaba despertando los celos de Kate.

Por su parte, Paolo no lograba comprender por qué renunciaría a vivir entre nubes solo por anclar en la bahía de aquellos ojos tristes.

Capítulo 10

Tras ordenar el galley delantero y comprobar que no quedaba ningún pasajero a bordo, Adriana respiró aliviada al recordar su programación: tenía 3 días libres por delante para dedicarse a ella misma. Desde que llegó a Malta no había tenido ocasión de descansar o sencillamente pasear sin rumbo fijo para descubrir las bondades de aquella bella isla que en ocasiones pareciera que iba a derruirse de un momento a otro. Es curioso como un país puede ser bonito y poco agraciado a la vez; viejo, muy viejo, pero con ese toque moderno que solo el Mediterráneo puede darle a un lugar por muchos siglos que hubieran pasado por él. Cada día que pasaba, Malta le resultaba más y más atrayente.

No le hizo falta mucho tiempo para comprobar que la vida de un azafato puede ser de todo menos aburrida. Con la programación en la mano, iba a recorrer Europa de punta a punta en un solo mes y además le quedaba tiempo para descansar varios días seguidos. Sin ninguna duda, era un trabajo agotador, pero dicen que cuando trabajas duro en algo que te gusta se llama pasión... de lo contrario, lo llaman estrés.

Volvió a la pequeña terminal del aeropuerto de Luqa y vio a través de las enormes cristaleras que estaba lloviendo más de la cuenta. Se abrochó la chaqueta instintivamente y deseó llevar un paraguas en su bolso de Mary Poppins. Otro defecto más que sumar a su larga lista de imperfecciones. Al llegar a la zona de facturación rumbo a la salida, saludó a un par de compañeras de tierra de las cuales no conocía su nombre pero sus caras ya comenzaban a ser familiares. Como una rutina ensayada, se despidió de sus compañeros de vuelo en la puerta del aeropuerto y cada uno tomó un taxi hacia su destino. *"A casa"*. A pesar de ser un lugar grande y para muchos impersonal, incluso los conductores de taxi se repetían día tras día y ya se sabían de memoria las direcciones personales de los TCP.

Adriana se echó contra la ventanilla de aquel duro coche y cerró ligeramente los ojos. No pretendía dormirse ni mucho menos, pero sabía que durante el trayecto tendría tiempo de pensar en todo lo que le había ocurrido durante el día. Había descubierto que podría tener amigas, que los pasajeros no eran (en su mayoría) tan desagradables como siempre había imaginado y que los ojos negros de Paolo podían ser suficientes para encontrar un mundo en el que perderse. Sacudió la cabeza y se sorprendió a sí misma con un pensamiento adolescente y pueril. ¿Un mundo donde perderse? ¿No había recorrido ya demasiados kilómetros como para ahora caer en semejante absurdez? Se lamentó de sí misma y siento un poco de miedo al comprobar que quizás no era la superwoman que había creído y solo era una chiquilla enamoradiza más. Pero es cierto que Paolo tenía "algo" y cada vez sentía más curiosidad por descubrirlo.

Una pelea callejera mientras estaban parados en un semáforo la despertó de sus pensamientos. En el poco tiempo que llevaba en Malta, aún no sabría decir si era un lugar seguro o no. Le había dado tiempo a presenciar algún que otro altercado y aunque es cierto que nunca se habían metido con ella ni se había visto en peligro, era evidente que es mejor no molestar a los malteses si no quieres pasar una bonita noche en comisaría o en el hospital. A través del cristal de su taxi, pudo ver como aquel chico bajito estaba recibiendo una buena lección, quién sabe por qué. Probablemente no había motivos o quizás sí había dicho o hecho algo que molestara a sus agresores, pero lo que más le sorprendió es que nadie, absolutamente nadie de quienes pasaban por allí se detenía a ayudarle.

Estaba a punto de preguntarle al taxista si estaba viendo eso cuando escuchó a la policía llegar y tras unos escasos segundos en los que parecía que estaban pidiendo explicaciones a los agresores, terminaron llevándose esposado al chico bajito, que ahora intentaba zafarse de los verdugos uniformados. El mundo estaba loco.

No pudo ver el desenlace de la historia ni si los agresores continuarían la noche de fiesta o se irían a dar un paseo también en el coche de la 'pulizija'. El semáforo cambió a verde y comenzó de nuevo el rally urbano en el que los taxistas parecían competir. Cerró los ojos y se alegró de ver el gran reloj que anuncia la entrada en Alamein Road. En unos segundos estaría en la puerta de casa y ya no tendría que preocuparse en manchar la tapicería del taxi si vomitaba el filete de pollo frío y seco que había comido en el avión.

Dio las gracias amablemente y se bajó corriendo hasta resguardarse de la lluvia en el pórtico de su nueva casa. Estaba cayendo una buena tormenta y en los escasos metros que había recorrido desde el taxi hasta la entrada le había dado tiempo a calarse totalmente los pies y sentir el pelo húmedo. Rebuscó en el bolso y aparte de un par de céntimos que no sabía que estaban ahí, el papel de un lugar de comida a domicilio, el móvil, el ticket de las compras de esta mañana, un bolígrafo, un par de chicles y su acreditación de TCP, no encontró nada más. ¿Dónde había metido las llaves?

Tras unos interminables minutos de búsqueda se dio por vencida. Volcó el bolso completamente en la puerta de la casa y volvió a repasar cosa por cosa. Nada que pudiera parecerse a sus llaves. Tocó el forro interior del bolso para detectar alguna rotura por la que pudieran haberse caído las llaves, pero estaba intacto. Y entonces, recordó:

-Joder, joder, ¡mierda! ¡Seré estúpida!

En un momento de lucidez recordó cómo había sacado las llaves en el taxi cuando notó que se estaba empezando a marear. Al bajarse de forma apresurada para esquivar la lluvia, probablemente se le habrían caído en la calzada o en el propio taxi. Se quitó la chaqueta, se la puso sobre la cabeza y volvió a la carretera por si tenía una pizca de suerte y las encontraba allí. La tenue luz de las farolas no ayudaba mucho, pero definitivamente no había ni rastro de sus llaves allí. *"Estupendo"*.

Calada hasta los huesos volvió a buscar cobijo en su pórtico y trató de poner en marcha su mente analítica. Cuando estaba a punto de llamar a las chicas para pedirles una noche de cobijo en su piso, recordó que la recepción de su urbanización abría 24 horas. Quizás allí tuvieran una copia de sus llaves. Como un pato mareado, caminó tratando de sostenerse sobre sus zapatos ya empapados y llegó a Recepción con un aspecto un poco desastroso. Cuando volvió a ver a Khalid tras el mostrador con su sonrisa impecable, comenzó a plantearse si ese chico en realidad vivía allí.

-Buenas noches, señorita Adriana. ¿Se encuentra usted bien? ¿Puedo ayudarla en algo?

-Em… buenas noches… -bajó con disimulo los ojos hasta la chapa, él recordaba su nombre pero ella no- Khalid. Disculpa que te moleste a estas horas, pero acabo de llegar de trabajar y no encuentro mis llaves. Creo que las he dejado en el taxi… En fin, me preguntaba si tendríais una copia.

-Sí, por supuesto. ¿Sabes si las has dejado en el trabajo o en algún otro sitio? Si se han perdido definitivamente debo cobrarte 50 euros por el extravío.

-Creo que están en el taxi que me han traído a casa, mañana llamaré a la central del aeropuerto a ver si puedo hablar con el conductor -notó cierto rubor en las mejillas de Khalid al hablar de dinero- No te preocupes, si lo necesitas te lo puedo pagar ahora, ha sido un error mío.

-No, por favor, de ninguna manera. Quédatelas y si no las encuentras ya nos lo pagarás. Por unos días no creo que nadie se dé cuenta -Adriana sonrío agradecida. Ese chico era siempre muy amable con ella.

Bajó la mirada y se topó con un folleto muy colorido en el que estaba escrito con letras gigantescas GOZO. Khalid reparó en aquello que había llamado la atención de esa chica de ojos tristes y aprovechó la ocasión para entablar conversación. Odiaba los largos turnos de noche en los que solo se topaba con algún que otro alumno casi adolescente que llegaba borracho de Paceville. Alemanes y españoles en su mayoría, ¿de verdad iban a Malta a aprender inglés?

-Podrías participar en alguna de nuestras excursiones, no son caras y te servirá para conocer mejor la isla y también a la gente que vive por aquí. Ahora tenemos abierta una visita a Gozo, un fin de semana en Sicilia o una boat party.... Aunque con la previsión del tiempo probablemente la tengamos que cancelar.

-Me llevo un folleto y le echo un vistazo, ¿vale? ¿En Gozo qué hay para ver?

-Está la Ventana Azul, casi todas las fotos turísticas de Malta se hacen allí aunque en realidad no esté en la isla principal. También hay una ciudad muy bonita y además ofrecemos visita a Comino en el mismo pack, una isla diminuta con unas aguas preciosas. El ferry a Gozo y la lancha a Comino están incluidos en el precio.

-Lo pensaré, aunque sin conocer a nadie me da un poco de vergüenza ir yo sola -sonrío tímidamente.

-Si te sirve de algo... el monitor de esta excursión es mi hermano Ibrahim. Es un poco cabra loca, pero por lo menos con este trabajo sienta la cabeza durante unas horas -rieron tan alto que olvidaron que era de madrugada y podían molestar a alguien-. Le diré que te cuide... aunque eso signifique solo darte un postre extra.

Adriana y Khalid se sentían extrañamente cómodos hablando. Ese recepcionista había sido su primera toma de contacto con su nueva vida y su mirada era tan transparente que no dejaba lugar a la desconfianza. Era una de esas personas que te gusta conocer y con la que te sientes a gusto desde el minuto uno. Si su hermano era como él, ir a la excursión podía ser una buena idea.

-De acuerdo, me has convencido, apúntame

-Me quedan dos plazas en el turno de mañana, si no tendrías que esperar a la siguiente excursión que sale la próxima semana.

-Vaya... mañana quizás es muy precipitado y la próxima semana tengo que mirar mi programación de trabajo -lo pensó durante un segundo y no tardó mucho en contestar-. De acuerdo, ¿por qué no?

-Estupendo, me alegro de haberte convencido. El autobús a la estación del ferry sale mañana a las 8 desde esta misma puerta.

-Gracias, voy a acostarme ya antes de robarle más horas de sueño al reloj. Gracias por las llaves... y espero esa doble ración de postre.

Se despidieron con una sonrisa sincera, era evidente que la simpatía que ambos se tenían era mutua. Curiosamente dos extraños que probablemente no tendrían nada en común habían encajado bastante bien. De camino a su piso se lamentó de haber extendido tanto la conversación, había sido un rato agradable, pero el pelo y la ropa mojada por su improvisado baño bajo la lluvia probablemente le iban a pasar factura con un bonito constipado y un gasto extra en la farmacia.

La noche pasó en un suspiro y esas escasas 6 horas de sueño que había conseguido acumular le parecieron en realidad 6 minutos. Cuando sonó el despertador se arrepintió de haberse apuntado de forma espontánea a la excursión, podía haber aprovechado el día en algo más práctico como... ¿esconderse bajo la sábana hasta que el hambre le hiciera levantarse? Por ejemplo. Pensó en no acudir, pero se sintió en deuda con el simpático de Khalid y no quiso quedar mal con él. Además, sentía curiosidad por conocer a su hermano, del que apenas sabía su nombre

Pasó más tiempo del que debiera remoloneando en la cama y cuando la hora ya se le echaba encima se dio todas las prisas del mundo para desayunar. Un vaso de leche con Cola Cao, un par de cruasanes sin tostar y sin mantequilla (no le daría tiempo a más) y una fugaz visita al cuarto de baño para lavarse los dientes y disimular el pelo revuelto tras haber dormido a pierna suelta. Nunca fue demasiado buena para correr maratones en casa por pasar demasiado tiempo sin atender al despertador, pero desde luego sus habilidades no habían mejorado ahora que vivía a orillas del Mediterráneo.

Se puso el bikini más nuevo que tenía, se calzó unas deportivas cómodas, muy propio de ella, y decidió estrenar los tejados oscuros y una de las camisetas básicas que había comprado ayer. Tras asomarse a la ventana de la cocina y ver un par de nubes amenazantes, cogió el paraguas plegable que llevaba en la maleta. Paraguas y bikini, curiosa combinación. No sabía bien si en esa excursión le daría tiempo a tomar un baño, pero mejor prevenir que curar.

Comprobó de nuevo en su billetera que llevaba suficiente dinero para pagar la excursión y se puso una alarma en el móvil para acordarse de llamar a la central de taxis del aeropuerto y preguntar si alguien había visto sus llaves. A pesar de tener muy buena memoria, Adriana funcionaba mejor programando varias alarmas diarias para sus quehaceres.

Cuando salió de casa rumbo a la entrada de la recepción y vio aquel animado grupo de gente, su cabeza le imploraba a sus pies que se detuvieran y volvieran sobre sus pasos. Pero éstos, lejos de obedecer, continuaron hasta llegar hasta ese grupo de jóvenes con ojeras (causadas con mayor probabilidad por una noche de fiesta que por la edad).

En un escaneo rápido, jugó a adivinar las nacionalidades gracias a la mezcla de idiomas que confluían en el aire: una chica rusa que en realidad tenía rasgos asiáticos, un chico también moscovita, dos alemanas que probablemente no habían cumplido aún la mayoría de edad y un grupo de seis españoles que debían tener entre 18 y 25 años.

Saludó educadamente a nadie en concreto y a todos a la vez y se distrajo repasando su teléfono móvil, el mejor modo de abstraerse en nuestros días y evitar dar conversación. No le hizo falta disimular mucho, en apenas dos minutos apareció un apuesto chico de rasgos árabes. Debía tener su edad y guardaba un gran parecido físico con

Khalid, pero su aire más juvenil le hacía ser aún más atractivo que su hermano mayor.

Tras repasar rápidamente los nombres, subieron al pequeño autobús que ya estaba esperando al otro lado del asfalto. Eran un número impar de viajeros y le tocó sentarse sola, algo que agradeció en silencio. Pero su tranquilidad duró tan solo unos instantes, cuando la chica que se sentaba al otro lado del pasillo comenzó a entablar conversación con ella:

-¡Hola! Has llegado hace poco a la urbanización, ¿verdad? -Adriana se volvió a mirarla y vio que se trataba de aquella chica de pelo rizado con la que ya se había cruzado un par de veces.

-Hola, sí, llevo poco aquí

-Aún no te he visto por las clases, ¿cuándo empiezas? -la respuesta seca de Adriana no parecía haber cortado las ganas de hablar de su nueva amiga.

-Bueno, en realidad no vengo a aprender inglés, estoy trabajando en Malta y mi empresa buscó este alojamiento por mí.

-¡Estupendo! Al menos el sueldo seguro que te dura más que nuestra beca. Nosotros estamos aquí estudiando inglés, aunque creo que si queríamos aprender algo nos hemos equivocado de destino -rio a la misma vez que el resto de sus amigos españoles, la compenetración le dieron ganas de vomitar a Adriana-. Yo me llamo Natalia y ellos son Mónica, Marcos, Jaime, María Jesús y Gabriela.

-Encantada, mi nombre es Adriana -dentro de unos segundos habría olvidado los nombres de todos, de eso estaba segura.

-¿De qué parte de España eres?

-De Madrid -no quiso concretar mucho, Madrid siempre es una respuesta impersonal que deja satisfecho a quien la recibe. Conciso y sin más explicaciones.

-Guau, cambiar la caótica Madrid por la tercermundista Malta. Jaime y yo somos de Granada y ellos de Málaga, Salamanca y Lugo – señaló uno por uno a los chicos que le devolvieron la sonrisa a una tímida Adriana.

-Bueno, no te creas, me gusta Malta, al menos lo que conozco de ella.

-¿En serio? O como dirían por aquí, ¿seriously? Parece como si hubiéramos retrocedido cincuenta años en el tiempo. Fíjate en los coches, por ejemplo, hay veces que pienso que hay un evento de autos vintage o algo así. Nosotros nos lo estamos pasando muy bien aquí y no cambiaría el destino si pudiera volver atrás, pero no podría vivir en esta isla más de... no sé, tres meses... Y mucho menos trabajar aquí definitivamente.

-Nada es definitivo, ¿no crees?

-Cierto.

Tras unos segundos en silencio, cuando parecía que por fin aquella chica que se había presentado como Natalia se había dado por vencida, volvió a interrumpir sus pensamientos.

-Si no conoces aún mucha gente por aquí, puedes salir con nosotros algún día. Por las mañanas solemos estar en clase, pero por las tardes nos dedicamos a visitar algo de la isla o a jugar a las cartas en alguno de nuestros apartamentos. Bueno, menos Jaime que se la pasa durmiendo y se despierta justo para cenar y salir de fiesta.

-¡Eh! ¿Qué estás diciendo de mí? -Jaime parecía estar más atento a Gabriela, pero dejó claro que el oído lo tenía puesto en la conversación de su amiga Natalia con aquella extraña que no parecía tener muchas ganas de hacer nuevas amistades.

-¡Vamos! No me lo niegues ahora, ¡tu siesta de ayer duró hasta las 9 de la noche!

Antes de que tuviera lugar a réplica, Ibrahim se hizo con el micrófono del pequeño autobús y comenzó a imitar a los típicos guías turísticos de las excursiones del Imserso… Con menos profesionalidad que ellos, pero mucha más gracia.

Aquel chico tenía algo encantador en su mirada. Quizás era esa mezcla de culturas que sus genes le habían regalado o tal vez ese cabello despeinado que le daba aire de chico inconformista. Aunque se parecía bastante a Khalid, era bastante más atractivo y tenía más labia, una combinación explosiva que hizo que Adriana no quisiera perderse ni una palabra de su monólogo.

Llevaba en su bolso el mp3 con un puñado de canciones españolas de los 80 por si se aburría en el trayecto, pero con aquel maestro de ceremonias era imposible querer hacer otra cosa que no fuese navegar en sus grandes ojos árabes.

Ibrahim parecía llevar toda su vida haciendo aquel trabajo aunque apenas contara con meses de experiencia. Se desenvolvía realmente bien y conocía la isla como si fuera un pequeño barrio. Aunque con las dimensiones del país quizás eso no tenía mucho mérito. Pero al menos el chico le ponía ganas y transmitía su alegría a un grupo aún algo adormilado.

Cuando llegaron a la estación del ferry, aquello era todo lo contrario a lo que los forasteros podrían haber imaginado. Ni siquiera era una estación al uso. Un par de bancos de piedra bajo un techo del mismo material que bien podrían haber servido como banquillo para un estadio de fútbol de tercera división, un par de papeleras desbordadas y para de contar. Mientras esperaban que llegara el barco, Adriana se quedó de pie algo apartada del grupo comprobando su correo electrónico desde el teléfono móvil. Publicidad y más publicidad. Hacía tiempo que no recibía un email de alguien conocido interesándose por ella, ni siquiera una de esas cadenas reenviadas en las que debes mandárselo a 10 personas o tu vida cambiará (para mal) en los próximos tres días. Su bandeja de correo electrónico era tan impersonal como su propia vida, pero aún así seguía consultándola a diario por si en algún momento le llegaba la solución a sus problemas.

Absorta en sus pensamientos, no se dio cuenta que el ferry ya había llegado hasta que Natalia le tocó el hombro y le indicó que ya debían subir.

Por suerte el barco era bastante mejor de lo que podrían haber intuido viendo los muelles. De color blanco con líneas amarillas y azules, en su frontal rezaba en letras grandes el nombre de la compañía "Gozo Channel Line". Aunque estaba algo oxidado en la parte exterior, en el interior tenía todo lo necesario para entretenerse durante el trayecto hasta la isla vecina: un par de cubiertas con muchos asientos y mesas y una cafetería–restaurante con precios sorprendentemente normales y una variedad bastante grande de golosinas, chocolatinas y dulces varios, además de un par de sándwiches prefabricados de dudoso aspecto y latas de bebidas de todas las marcas.

Mientras Adriana luchaba contra el viento para recogerse el pelo en una coleta, Ibrahim se acercó a ella con una amplia sonrisa dibujada en su cara:

-Adriana, ¿verdad? Mi hermano me ha pedido que te cuide -un guiño travieso acompañó a esa frase que hizo que Adriana se sintiera pequeña, vulnerable... y felizmente protegida por primera vez en mucho tiempo.

-No creo que me pierda en esta isla -le devolvió la sonrisa amablemente-, pero gracias por tus cuidados.

-No desafíes a la suerte, te aseguro que no querrías pasar una noche perdida en este país... Con que eres azafata... -Ibrahim cambió radicalmente de tema y mencionó la profesión de Adriana sin que ella supiera si era una pregunta o una afirmación.

-Aprendiz de azafata, mejor dicho. Llevo muy pocos vuelos aún.

-¿Puedes conseguir billetes gratis? -¡Buena pregunta para romper el hielo!

-Para mí todos los que quiera -rio con ganas y pensó en lo agradable que era conversar con ese chico, casi más que con el propio Khalid-. Pero tras varias horas entre las nubes te aseguro que en mi tiempo libre me apetece pisar tierra firme.

-Y sin embargo, hoy te subes a un barco... ¡Así de contradictorias sois las mujeres!

-¡No lo había pensado! En realidad no lo tenía planeado, Khalid me convenció anoche.

-¿Y qué hacías anoche con mi hermano? -una sonrisa picarona que molestó a Adriana en cierta medida acompañó esa frase que no tenía mucho sentido decir en ese momento-. No me digas que por fin mi hermano está espabilando.

-¡No! No me metáis en vuestras historias de hermanos. Fui a Recepción a por una copia de la llave de mi piso y él estaba allí. De hecho, siempre está. ¿Le dan descanso o es un robot que trabaja las 24 horas?

-Descansa menos de lo que le gustaría, pero ya sabes... quéjate en el trabajo y ya puedes estar buscando otro. Y en Malta no es nada fácil, con suerte puedes encontrar algo de camarero... o de guía de excursiones para un grupo de jovencitos - de nuevo ese guiño de ojo irresistible. Ibrahim era un seductor nato.

-Venga, no está tan mal. Haces turismo, tomas el sol, conoces gente... Yo me paso las horas encerrada en una cabina de avión y a veces se hace demasiado pesado. Echo en falta la luz del sol, el aire, pasear por la arena...

-Hoy vas a tener sol para aburrirte, lástima de este viento que se ha levantado, pero se ha quedado un buen día a pesar de la lluvia de ayer -

se detuvo un segundo como si quisiera pensar lo que iba a decir a continuación y finalmente formuló la pregunta-. Estoy pensando, ¿te apetecería volver tú y yo a Comino un día? Sin excursiones ni guías aburridos, simplemente a pasar un día en la playa.

"¿Eso sería una cita?"

Tras ver el pánico en los ojos de Adriana, Ibrahim se dio cuenta que aquella chica de ojos tristes escondía en su interior un mundo al que iba a ser muy difícil acceder… aunque no le faltaban ganas de intentarlo.

-Vale, me callo, no he dicho nada.

-No, no es por ti. Aunque suene a frase hecha, soy yo. No estoy preparada aún para tener una cita con alguien.

-¿Quién dijo cita? Enfócalo como dos amigos que quedan para tomar algo.

-No sé por qué creo que eso contigo no sería posible.

Y en ese momento Adriana, se dio cuenta que quizás ese comentario no había sonado en sus labios como lo hacía en su cabeza. Se podría haber interpretado como una acusación (totalmente infundada, ya que no conocía de nada a ese chico) sobre las facilidades de Ibrahim con las mujeres…

O peor aún, como un lanzamiento de caña para iniciar un tonteo que quizás ella no quería comenzar.

Lo cierto es que, fuera como fuera, la conversación le estaba resultando más agradable de la cuenta. Maldito destino. Hace menos de 1 mes no habría querido ni mantener más de dos palabras con cualquier desconocido del sexo opuesto y ahora aquella isla mediterránea ya le había dado la oportunidad de conocer a dos hombres que comenzaban a desarmar su coraza de chica totalmente fuera del mercado. Paolo e Ibrahim. Ibrahim y Paolo. Dos personas a las que apenas conocía y que le gritaban en silencio que se acercara a ellas. A simple vista, podrían parecer totalmente opuestos, pero lo cierto es que ambos tenían mucho en común: eran apuestos (cada uno en su estilo), simpáticos y tenían una especial labia con las mujeres.

Tras unos segundos en silencio que se antojaron como si hubieran pasado varios minutos, Ibrahim volvió a romper el hielo y le pidió cortésmente que se uniera al resto del grupo. El ferry estaba a punto de llegar a su destino y ante ellos ya tenían a la imponente isla de Gozo.

Gozo era aún más pequeña que Malta pero guardaba una esencia muy similar a su hermana mayor. Lo antiguo y lo contemporáneo se daban la mano magistralmente en esos paisajes bañados por el color ocre de sus viejas construcciones y el infinito azul del mar que la rodeaba.

Tras un desembarco más rápido de lo que esperaban teniendo en cuenta las dimensiones del ferry y la cantidad de personas que iban a bordo de él, el grupo de Ibrahim volvió a reunirse en la puerta de un edificio ruinoso, feo y destartalado cuyo letrero "Pulizija" era la única pista que podría sugerir que aquello que bien podría haber sido un antro donde jugar a las cartas clandestinamente y beber un par de whiskies en una nube de humo, era realmente una comisaría de policía. Sí, quizás estos eran los contrastes de los que tanto hablaban las guías de viajes sobre Malta.

Cualquiera que escudriñara con algo de atención los ojos tristes de Adriana, podría ver también en ellos una pequeña inquina hacia la isla que la había acogido con los brazos abiertos. Nada más lejos de la realidad. Aunque era realista y no le parecía el lugar más bello del planeta, había algo en aquel país que hacía que todo su mundo se revolviera: sabía que, por muchas sorpresas que el destino le tuviera preparadas, Malta iba a ser siempre un recuerdo importante en su vida. Quizás el más bonito, quizás el más intenso o quizás el único capaz de moverle las entrañas aunque su vida hubiera vuelto a dar otro giro inesperado. No lo sabía, pero de lo que sí estaba segura era de que no sería uno más.

El grupo se reunió frente aquella ruina llamada comisaría de policía y tras hacer un recuento rápido para comprobar que ninguna de sus ovejas se hubiera quedado más tiempo de la cuenta en la cafetería del barco, Ibrahim reanudó la marcha al ver que no faltaba nadie. Una primera "overview" al puerto de Gozo, una alusión a sus iglesias y pusieron rumbo hacia el destino más visitado y fotografiado del país: la Ventana Azul.

Como toda parada turística, había más gente de la que les hubiera gustado, por lo que el deseo de sacarse una foto sin que nadie se colara en la escena era cuanto menos imposible. Aun así, el espacio abierto y la fusión del sonido del viento con las olas chocando contra aquella maravilla de la Naturaleza, hacían sentir a Adriana como si nadie más estuviera allí. Ni siquiera las risas joviales del grupo de los españoles o el escándalo que tres italianos estaban armando mientras se fotografiaban con una cabina telefónica.

-Vamos, te estás quedando atrás

Un Ibrahim un poco más serio de lo que le había podido ver hasta ahora la sacó de sus ensoñaciones. Estaba claro que aquel guaperas no estaba acostumbrado a que nadie le rechazara una cita. O un intento de ella.

Subieron a la parte superior de la Ventana Azul y mientras los más atrevidos se hacían selfies casi al filo de la misma, Adriana se dedicó a fotografiar el bello paisaje que desde allí se podía distinguir. Le resultó especialmente curiosa las formas que creaban las piedras de los pequeños acantilados de la parte derecha: parecían una perfecta esfinge. Llenó parte del espacio de su tarjeta de memoria con tomas de esta maravilla desde diferentes perspectivas.

Tras un tiempo prudencial, el grupo volvió a partir hacia lo que ahora sería un recorrido rápido por el centro de Victoria, la ciudad más grande de Gozo. Tras una parada técnica para comer en un puesto callejero, tomaron una pequeña lancha rumbo a la isla de Comino, la tercera más importante del conjunto de islas que forman el archipiélago maltés en cuanto a extensión, no en población ya que se encontraba prácticamente deshabitada. Tan solo un hotel que no parecía estar muy concurrido se aparecía en mitad de la nada a los aventureros que se animaban a recorrer el interior de este pequeño trozo de tierra.

La playa era lo más destacado del lugar y ni siquiera por ser especialmente buena. No habría sitio para más de 30 o 40 personas, pero precisamente este carácter diminuto del lugar, acompañado de unas aguas cristalinas envidiables hacían del lugar un sitio de esos de los que no te quieres ir.

En apenas una hora tuvieron tiempo para dar la vuelta completa a la isla y regresar a la playa, el punto de partida. Mientras esperaban la lancha, tan solo la pareja rusa se atrevió a tomar un sol que ya se estaba escondiendo tras las nubes, mientras los amigos españoles jugaban al fútbol (o al menos lo intentaban) con un balón que Adriana no podía entender de dónde lo habían sacado.

-¿Lo estás pasando bien? -un Ibrahim algo menos tirante la sacó de nuevo de su mutismo social.

-Si, gracias por preocuparte. Está siendo una excursión muy interesante y estoy descubriendo sitios preciosos.

-Si te preguntan en Recepción, nombra también al guía -el chico debió pensar que acompañar la frase con un guiño de ojos reforzaría el mensaje... y a juzgar por el temblor de las piernas de Adriana, realmente consiguió su objetivo.

-Lo tendré en cuenta.

-En serio, me vendría muy bien que me echaran un cable. Digamos que no gozo de muy buena fama entre "la cúpula" y si no llega a ser porque mi hermano ha dado la cara por mí, jamás habría conseguido este empleo. Me tienen siempre en el punto de mira y no me puedo permitir un despido.

-¿Problemas económicos? Vaya... perdona, no quería ser tan brusca. Discúlpame si me estoy metiendo donde no me llaman, no quería decir eso, yo... no quería decir que...

-No, tranquila, no te preocupes en serio, está bien. He sacado yo el tema -trató de suavizar la situación con una sonrisa que terminó por desarmar a una Adriana que no sabía si era el aire maltés o que estaba a punto de caer enferma, pero ya se había sentido atraída por dos hombres diferentes en menos de 24 horas... y eso no era muy propio de ella. O al menos no de su antiguo yo.

-Si quieres hablar, no suelo ser muy buena consejera, pero al menos sé escuchar.

-Llámalo ángel o llámalo don, pero lo cierto es que llevas razón, me siento muy cómodo hablando contigo -paró un segundo y, como si le fuera a costar un disgusto pronunciar la siguiente frase, cogió ahora y lo soltó de carrerilla-. Entonces, ¿te importaría si nos volviéramos a ver? Como amigos, nada de citas.

-Me parece bien. Pero déjame elegir a mí un lugar neutral. ¿Conoces el Bistro? Está dentro de la Escuela que hay en el apartamento donde vivo, no he ido aún pero desde la ventana de mi cocina se ve bastante movimiento, por lo que supongo que no estará mal.

-Estupendo, he comido allí alguna que otra vez que he ido a recoger a Khalid y es un buen antro.

-¡Vaya! Si me lo defines como antro pierde toda la magia -la sonrisa había vuelto a los rostros de ambos.

-Dejémoslo en "lugar apto para estudiantes y algún que otro turista extranjero", categoría en la que tú podrías entrar perfectamente, debes tener la edad de muchos de esos chavales que vienen aquí a emborracharse.

-Sí, bueno, más o menos, gracias por el halago. Aunque te aviso que mi hígado no tiene ningún tipo de entrenamiento.

-¿Quién quiere entrenamiento cuando se puede pasar directamente a la acción? -de nuevo ese guiño que podría llevar como subtítulo "otro más y no respondo".

-¡No me interesa mucho morir de un coma etílico! Entonces, ¿mañana te vendría bien? - *"Oh Dios, Adriana, ¿no te estás lanzando demasiado? Echa el freno"*.

-No me gusta rechazar la invitación de una bella dama, pero creo que no es buena idea. Mañana es la Welcome Party y se pone hasta los topes.

-¿La Welcome Party? ¿Eso qué es?

-Es una fiesta de bienvenida que organizan a los estudiantes de la Escuela que se alojan en los apartamentos, la hacen una vez por semana y no creo que te guste mucho el ambiente que se forma allí... Hay chupitos gratis para los nuevos y los antiguos aprovechan para tratar de renovar su selección de próximas conquistas. ¿Qué te parece pasado mañana? Podemos cenar algo allí y si nos apetece bajar a Paceville a tomar algo. Siendo española seguro que te gustará Fuego, se ha convertido en un bar casi exclusivo para vosotros, pero haré el esfuerzo.

-Supongo que eso es una oferta que no podría rechazar. Me parece bien.

-Cuál es el número de tu apartamento y te paso a recoger a eso de las... 9?

-No tan rápido, Ibrahim -trató de hacerse la interesante pero la sonrisa tonta la delató-. Quedamos en Recepción, no hace falta que pases a buscarme a la puerta de casa.

-Ya, ¿territorio neutro, no?

-Algo así.

-¿Tú sabes que si quiero basta con preguntarle a mi hermano dónde se aloja la española más guapa de la residencia y tendré todos los datos que quiera sobre ti?

-Eso sería una clara invasión a mi intimidad, no sé si podría soportarlo -definitivamente llevaba demasiado tiempo fuera de escena en esto del coqueteo y no le salía nada bien disimularlo.

-Te aseguro yo que sí lo soportarías.

Y justo cuando la conversación parecía que iba a ponerse aún más interesante, el rugir de una lancha les sacó de su aislamiento y les hizo volver a una realidad en la que debían volver a casa. La excursión estaba llegando a su fin y los ojos tristes de Adriana ahora combinaban con la sonrisa de una joven que tenía una primera cita.

Capítulo 11

Y a la primera cita le siguió una segunda, una tercera e incluso una décima. Sin apenas darse cuenta, la chica de los ojos tristes se había convertido en la princesa del cuento de un príncipe que si bien no tenía nada de azul, la hacía viajar cada noche a un mundo mejor, a una historia sin finales, ni tristes ni felices, simplemente a un mundo en el que los dos eran los protagonistas de una historia inacabada... pero no estaban solos.

Dicen que una tercera persona no entra en tu vida si tú no la dejas y aunque Adriana no sabía en qué momento había dejado la puerta trasera abierta, Paolo seguía presente en su vida, en su corazón y en su diario. Los dos caballeros competían en una batalla silenciosa por el corazón de la bella dama. Ibrahim, apasionado e intrépido, ese punto de locura que todos necesitamos en nuestras vidas, ese correr sin miedo por una autovía, borrachos de alcohol y de amor, esa risa de madrugada sin motivo ni razón; Paolo, la galantería materializada en un perfecto cuerpo toscano, el brillo del sol que se enreda en un cabello negro y te hace perder la razón, la imperfección de lo perfecto, la sonrisa sincera y el apego a una vida terrenal.

No se podía decir que Adriana anduviera coqueteando con ambos, pero se cumplieron seis meses desde su llegada a Malta y su vida había cambiado radicalmente. Mejor dicho, su interior había muerto por completo para dar paso a una persona segura de sí misma, tranquila, un poco más feliz pero aún con ese reflejo de tristeza en su mirada. *"Mi pasado siempre vendrá conmigo, pero ahora sí puedo sujetar el lápiz con el que escribir mi futuro"*.

Ibrahim se había colado en su corazón (y en su apartamento) a pesar de que parecía que eso no terminaba de convencer a un Khalid que, aunque no lo decía de viva voz, ponía gesto de desaprobación cada vez que los veía coquetear en la sala de ordenadores instalada junto a la Recepción. Adriana, a riesgo de sentirse algo estúpida y egocéntrica, pensó que se podría tratar de celos. Hasta donde sabía, su "cuñado en funciones" no tenía pareja y aunque su extrema sensibilidad le hacía sospechar que probablemente se sintiera más atraído por el género masculino que por las de su especie, no quiso darle mayor importancia de la que tenía.

Ibrahim y Adriana no le habían puesto etiquetas a lo suyo, no querían considerarse pareja ni andar de la mano por el centro de St. Julians, jamás quedaban a comer un domingo ni acudían juntos a eventos demasiado concurridos, pero era algo para lo que tampoco ella se sentía preparada.

La imagen de Paolo estaba demasiado presente en su vida y en cierto modo no podía evitar sentirse culpable cuando las mariposas despertaban de su letargo cada vez que pisaba el aeropuerto y sus ojos se encontraban la mirada de su compañero. Era inevitable pensar que, quizás, no era del todo correcto buscar la mínima oportunidad para rozar sus manos mientras calentaban aquella comida de plástico que a continuación servirían a los pasajeros. No, desde luego no era apropiado cerrar los ojos mientras Ibrahim la besaba y pensar en Paolo. La historia con el azafato no había avanzado demasiado, pero entre ambos se notaba una tensión no resuelta y un afecto especial. ¿Y si se estaba equivocando en el porcentaje que ocupaba cada uno en su vida? ¿Y si debía ser de Paolo de quién hablar como esa "persona especial"? No podía evitar ahogar un grito de victoria cuando Ibrahim iba a recogerla al aeropuerto (algo que ocurría con menos frecuencia de lo que le gustaría) y Paolo no escondía el rechazo que le ocasionaba la estampa de los tortolitos:

-Ya tienes aquí a tu novio.

-¿Cuándo vas a entender que no es mi novio? Solo es un amigo -mentía.

-Un amigo que se toma demasiadas confianzas.

-Cualquiera diría que estás celoso, Paolo -Kate siempre apuntillaba algún comentario similar que hacía que el italiano agachara la mirada mientras las mejillas de Adriana se encendían como el primer sol de la primavera.

-¿Celoso? ¿De Ibrahim? Para nada, pero no entiendo por qué no llama a las cosas por su nombre.

-¿Por qué hay que etiquetar siempre todo? No le considero mi novio, no tenemos una relación de esas. Hay veces que no nos vemos en una semana entera y ni siquiera nos necesitamos, no creo que eso sea tener una relación.

Llegaron hasta donde estaba Ibrahim y lo cierto es que el saludo no fue precisamente el de una pareja al uso. No hubo beso de bienvenida, pero las manos del "no novio" sí se ocuparon rápidamente: en la derecha, la maleta de la azafata; en la izquierda, su mejor trofeo, Adriana, mientras sus ojos miraban desafiantes a un Paolo que comenzaba a cansarse de no conseguir su objetivo. Lo cierto es que tampoco lo había intentado con su insistencia habitual, pero era la primera vez que una chica lo rechazaba o simplemente no corría a sus pies ante el primer guiño de ojos. La española luchaba con unas armas a las que Paolo nunca se había enfrentado.

-Chicos, la semana que viene es la fiesta de aniversario de la compañía. ¿Lo sabíais, verdad? - Alexandra, tan oportuna como siempre, rompió el hielo que se estaba formando en las gélidas miradas de los dos machitos de turno.

-¿Nos podemos escaquear?

-¡No fastidies, Adriana! Para una vez que nos juntamos todos, no te puedes rajar. ¡Lo pasaremos bien! Habrá canapés, alcohol, azafatos guapos y veamos... ah sí, más alcohol

-No creo que la señorita esté interesada en alcohol ni azafatos guapos, ¿o me equivoco? - Ibrahim no perdió ocasión de lanzar esta pregunta al aire mientras Paolo, una vez más, ahogó un suspiro

-No te equivocas -mintió, una vez más- pero es cierto que quedaría feo faltar a mi primera cena de empresa. Si no hay otro remedio...

No sabía si era efecto del cansancio o de la luz artificial que reinaba en el aeropuerto, pero Adriana habría jurado que notó como la sonrisa de Paolo crecía y llevaba su nombre dibujada. El italiano había visualizado en apenas un segundo toda la secuencia de una noche informal y divertida con Adriana, probablemente el momento perfecto para que sus cuerpos se acercaran un poco más... o para que acabara desterrado por completo a la "friendzone". Nunca habría querido complicarse la vida metiéndose en una pareja, pero el desconcierto que una chica como Adriana estaba causando en él había conseguido que todos sus valores y creencias se desmoronaran como un castillo de naipes.

La atracción de lo prohibido. O quizás era más complejo que todo eso. La cobardía de haber encontrado a tu alma gemela en la persona que menos habrías imaginado. Paolo se sentía al límite de un precipicio que cada vez se hacía más alto y escarpado y no sabía si quería tirarse de cabeza o huir de él sin dar marcha atrás. Lo único cierto era que, por ahora, detenerse a admirar las vistas desde aquel caótico lugar era lo que más llenaba su vida.

Ibrahim, un poco más curtido a la hora de camuflar sensaciones, no dejó a la vista ningún vestigio de la ira que se comenzaba a formar en su interior. Había sabido leer entre líneas y pudo ver ese rayo de esperanza en los labios de Paolo. Pero lo que más le preocupó en ese momento, es que vio como Adriana cambió la postura tras aceptar la invitación a la fiesta. No era experto en lenguaje corporal ni mucho menos, pero sí sabía notar cuando una mujer está más receptiva de la cuenta… y en ese momento, aun estando abrazada a él, las señales que su cuerpo estaba enviando rebotaban en otra dirección. En Paolo. Su compañero, su amigo y una amenaza cada vez más latente para un Ibrahim que no era la persona más indicada para hablar de lealtad.

-¡Genial! -Alexandra volvió a interrumpir los pensamientos de los chicos- Esta noche cuando llegue a casa creo un grupo de Telegram con todos los que iremos a la fiesta para que vayamos calentando motores.

-¿Otro año más tendremos que leer acerca de los trapitos que os vais a poner?

-En el fondo te gusta, Hans, reconócelo. Eres una más de las nuestras.

-Vale, eso no sé cómo tomármelo. Pero creo que yo me voy ya, está a punto de llegar un vuelo de japoneses y no quiero quedarme sin taxi para volver a casa. ¿Os venís? Si Adriana va con Ibrahim cabemos todos en el mismo.

-¡Claro! Buenas noches Adriana, pórtate bien… o no -Kate siempre tenía que poner su toque personal a las despedidas, así era ella.

-Una cosa u otra tendrá que ser en sueños, estoy agotada. ¡Hasta luego!

Adriana subió al coche de Ibrahim, feliz por poder arañarle unos minutos al reloj para estar con él, pero también impaciente por llegar a casa, tomarse una sopa de sobre caliente y meterse sola en la cama para pensar en Paolo. Toda su vida era una contradicción.

Capítulo 12

"Como si por arte de magia el pasado hubiera vuelto, Adriana sintió su cuerpo extraño, paralizado, una mezcla física y mental que hacía que no pudiera moverse del sitio. Hacía mucho que no tenía esa sensación. Le dolían las muñecas, la espalda y las caderas. Si tuviera un corazón, le dolería también, pero por desgracia cuando algo está roto e inerte, ya ni siquiera duele.

Quiso obligar a sus labios a sonreír cuando sus ojos vieron la solución a todos sus problemas. Ahí estaba, en silencio, en las sombras, el pasaporte a una nueva vida.

Pero no pudo urdir un plan tan rápido. Escuchó las llaves en su puerta y no le quedó más remedio que volver a disimular.

-Ya estoy en casa, ¿te encuentras bien, cariño?"

Capítulo 13

El despertador la sacó de un sueño dramáticamente real. Aunque los recuerdos cada vez eran más vagos, Adriana no dudó ni un segundo en que esa escena había ocurrido de verdad. Se puede olvidar el color de las cortinas, el tacto de las sábanas de invierno o dónde compró su par de zapatos preferidos, pero nunca se olvida una sensación que te ha provocado una sonrisa o una lágrima.

Había huido a Malta casi con lo puesto y sin embargo, sus recuerdos no se habían quedado antes del filtro de seguridad del aeropuerto que la condujo a su nueva vida. Habían logrado embarcar como un polizón que se cuela sin ser invitado a la fiesta.

Preparó café aguado y se lo tomó mirando al infinito sin un rastro de emoción en su cara por el nuevo día que tenía por delante. Las siguientes horas las vivió casi como una inercia: en pijama, pasando las páginas de una revista en inglés que ni siquiera le interesaba. No se acordó de comer a pesar de las señales que su estómago le mandaba.

Ni siquiera el ruido incesante de las notificaciones de su móvil consiguió despertarla del letargo que el último sueño le había producido.

Ahí estaba él, de nuevo colándose en su vida. Ahí estaba él, tirando por tierra una vez más todo por lo que había logrado ilusionarse. Volvió a sentirse como esa niña desvalida que había llegado a la isla unos meses atrás.

Pero como si de un milagro se tratara, el timbre de la puerta sonó tres veces obligándola a mover solo los músculos necesarios para bajar la escalera, arrastrarse hasta el pomo y abrir. Era Ibrahim, su caballero sin armaduras ni dragones que de nuevo aparecía en el momento en el que Adriana más le necesitaba.

-¡Caray! Menudo recibimiento, cualquiera diría que no te alegras de verme.

-Lo siento, no he dormido bien hoy -se revolvió el pelo tratando de atusárselo pero solo consiguió parecer un poco más loca. La loca de los ojos tristes.

-Si quieres esta noche duermo contigo para que tu despertar sea más dulce.

-Ahora que lo dices, quizás no me vendría mal.

-¿En serio? Vaya, lo siento, acabo de recordar que justo hoy tengo un compromiso con un amigo, su mujer está fuera de la ciudad y le prometí una noche de pizza y Play que tenemos pendiente desde hace mucho tiempo.

-No te disculpes, no me des excusas. No pasa nada.

-Gracias por entenderlo, pero otro día me quedo, ¿eh? Me colaré sin avisar, para darte la sorpresa -la sonrisa de la cara de Ibrahim esta vez no tenía nada de picarona, sino que encerraba un suspiro de alivio. Tenía que dejar de jugar con fuego o algún día le descubrirían de verdad. Pero era tan divertido...- ¿Puedo pasar? ¿O me vas a dejar en la puerta todo el día?

-Sí, perdona, estoy tan cansada... Pasa.

Ibrahim subió las escaleras con la destreza de quien conoce bien un lugar. Si tuvieran que hacer un registro de las veces que se habían visto, la mayoría de ellas habían sido en casa de Adriana, en la Escuela o en el aeropuerto. Adriana cayó en la cuenta de que aún no conocía dónde vivía su pareja. No le dio demasiada importancia, para muchas personas su hogar era su pequeño lugar sagrado, y no iba a ser ella quien pidiera profanarlo.

Se acomodaron en la cocina y mientras echaba un puñado más de macarrones a la olla, Ibrahim le propuso salir de fin de semana a Sicilia la próxima semana. Adriana se sorprendió a si misma recordando que era la fiesta de la compañía y un pequeño gusanillo recorrió sus tripas. ¿Era hambre o demasiado interés por acudir al evento?

-¿De verdad vas a ir? Pensaba que no te iba a interesar lo más mínimo.

-Ya me he comprometido con las chicas y además con la cosa de ser la nueva estaría muy feo que hiciera ese desplante. Ya sabes, hay que poner buena cara a los jefes aunque solo sea de vez en cuando.

-A los jefes... y a Paolo, ¿o me equivoco?

-¿Qué estás queriendo decir?

-He notado como os miráis, vamos Adriana, no soy tonto.

-Dime por favor que esto no es una escenita de celos, no tengo el día para eso ⬚se dio la vuelta y añadió un poco más de sal al agua de los macarrones. Siempre se quedaba corta.

-¿Celos? ¿De quién? ¿De ti por devorar con la mirada a un compañero cada vez que le ves? ¿O de él por morderse el labio y recorrerte entera cuando te das la vuelta y no puedes verle?

Adriana nunca lo habría reconocido, pero a pesar de sentirse muy molesta por la discusión que estaban teniendo, en su interior le pudo más la inusual esperanza de que aquello fuera cierto y Paolo la mirara con esos ojos de deseo de los que Ibrahim ahora se quejaba.

En una pareja, una escena de celos es probablemente uno de los mayores errores que se pueden cometer. Si realmente hay motivos para la desconfianza, estas dudas solo consiguen que el infiel cuide más los detalles para no ser descubierto; pero si no hay nada de lo que preocuparse, descubrir que está interesado en ti alguien que te revuelve las tripas es la peor forma de alentar una ilusión que tu conciencia trata de acallar continuamente.

Dejó de disimular con la sal y se giró hasta encontrarse con los ojos de Ibrahim bastante molesta. Y lo estaba, realmente lo estaba. No iba a consentir de nuevo aquellos chantajes ni a permitir que su vida volviera a ser manejada como los hilos de una marioneta. Ibrahim podría terminar siendo el hombre de su vida, pero ni siquiera aquello era motivo suficiente si cabía la mínima posibilidad de que volviera a caer en el mismo precipicio en el que una vez se encontró. Aquel miedo, aquella desconfianza era una losa con la que debería cargar para siempre... aunque eso significara perder personas importantes por el camino. Su prioridad ahora era no volver a perderse a ella misma.

-Es totalmente ridículo lo que dices -trató de mantener la calma-, Paolo solo es un amigo.

-¿Y por qué hablo de Paolo y no de Hans?

-¡Venga, Ibrahim! Cada vez que le ves noto como afilas tus uñas. Algo que nunca te lo he dicho, pero me parece absolutamente ridículo. No tienes nada de qué preocuparte.

-No vayas a esa fiesta entonces. O mejor, llévame contigo.

-Sabes que no se permiten llevar parejas.

-Entonces solo te queda una opción.

-¡¿En serio?! ¿De verdad me estás prohibiendo ir? ¿Tú haces y deshaces a tu antojo, puedes pasarte días enteros sin venir a verme, sin dar señales de vida, y ahora intentas prohibirme que vaya a una cena, una maldita y simple cena de empresa? -Adriana estaba demasiado cabreada para advertir que los macarrones estaban empezando a pegarse.

-¡No te estoy prohibiendo nada, maldita sea! ¡Solo te estoy pidiendo que elijas y me demuestres que me escogerías a mí en lugar de a esa copia barata de gigoló de carretera!

-Entérate bien de esto, Ibrahim, porque solo te lo voy a decir una vez: no ha nacido quien me corte las alas.

El portazo que pegó Ibrahim al abandonar la casa sin musitar ni una palabra más se debió escuchar en todo el vecindario. Los macarrones seguían hirviendo alborotadamente mientras Adriana se quedó mirando las escaleras ahora vacías por las que descendió su novio sin mirar atrás. A pesar de todo lo que Paolo le despertaba, le quería, le quería mucho. Se sentía culpable, de nuevo vulnerable como en aquellas situaciones que vivió en el pasado. Pero no podía permitirse volver a caer de nuevo en los mismos errores.

Volvió hacia la lumbre y apagó el fuego. Apartó la olla de macarrones y sin ni siquiera escurrirlos, cogió el teléfono y marcó el primer número que le inspiraba confianza.

-¿Alexandra? ¿Te pillo mal?

-No, para nada, solo estaba pensando si hacerme un bocadillo de atún con tomate o pedir algo preparado.

-Creo que se me ocurre algo mejor. ¿Tomamos unas pizzas en el Marina Terrace?

-¿Con un par de cervezas fresquitas y un aperitivo?

-¡Tú siempre pensando en alcohol! -la risa de ambas le devolvió la alegría a Adriana- Si esa es tu condición, tendré que aceptarla.

-¡Gracias! Me has salvado de morir de aburrimiento frente a una lata de atún. Nos vemos en 20 minutos allí. ¡Hasta ahora!

-¡Chao!

Capítulo 14

Tratando de ocultar su furia tras unos pasos torpes y duros, Ibrahim se dio de bruces con su hermano al pasar junto a la Recepción, a pesar de su intención de evitarlo. Khalid había abandonado momentáneamente su puesto de trabajo para salir a ayudar a unos chicos a cargar sus maletas en el taxi que los llevaría al aeropuerto, rumbo a su país de origen. La aventura maltesa había acabado para ellos y a pesar de que habían aprendido menos inglés del que esperaban, en su bagaje quedaban los momentos vividos, esos que no podemos publicar pero que sobrevivirán en nuestra memoria incluso cuando el pulso nos tiemble y las primeras lagunas de la edad comiencen a acechar. Algo tenía Malta que, a pesar de no ser un lugar especialmente bonito, es capaz de tatuarse a fuego en nuestra alma.

Khalid llamó la atención de su hermano y le pidió que esperara un segundo. Cuando despidió a aquellos chicos que habían hecho de la Escuela su hogar durante un mes, regresó junto a él y con semblante preocupado le preguntó que le ocurría.

Aunque intentara enmascararlo bajo ese manido "nada, solo estoy cansado", el lazo invisible que une a los hermanos es suficiente para que Khalid no se creyera la mentira piadosa.

-¿Has discutido con Alina? ¿Es eso?

-No, ha sido con Adriana. Una estupidez, no tiene importancia. En serio, déjame marcharme -suplicó mientras Khalid le sujetaba por el brazo y le miraba con gesto de desaprobación.

-¿Todavía sigues con eso? ¿De verdad, Ibrahim? Siempre supe que eras un inmaduro pero no creía que podías llegar a tanto. ¡Estás casado, por el amor de Dios! ¿Hasta cuándo vas a seguir con este maldito juego? -incluso la persona con más paciencia del mundo podía llegar a perder las formas alguna vez.

-Baja la voz, no me montes un numerito que ya soy mayorcito y sé ocuparme solo de mis problemas.

-En tus problemas estás metiendo a dos mujeres que no merecen esta situación. Alina ya ha sufrido bastante contigo y con tu cabeza loca y Adriana es una chica estupenda que no se merece verse envuelta en un triángulo amoroso que no ha buscado. Ella no sabe nada, ¿verdad?

-¡Claro que no! ¿Te crees que soy tonto?

-¡Pues sí! ¡Lo pareces! Déjate ya de juegos, Ibrahim, o vas a quedarte solo.

-¿Como tú?

Ante ese dardo envenenado, el primer impulso de Khalid fue soltar el brazo de su hermano, movimiento que éste aprovechó para escapar e irse de aquel lugar. Maldijo con una popular expresión árabe la rapidez con la que Ibrahim se había zafado de él y volvió a su puesto de trabajo.

Por mucho que fuese su hermano, le molestaba ver su actitud con las mujeres. Engañar a Alina era un error pero no era la primera vez que lo hacía a pesar de sus promesas de no volver a repetirlo. La santa de su mujer solo se había enterado de una canita al aire puntual con una vieja amiga del colegio, pero para nada sabía que su marido llevaba una doble vida con una azafata española. Y no era la primera vez. Antes que Adriana, Ibrahim había tenido una historia de 10 meses con una profesora de la Escuela, además de incesantes enredos en la noche maltesa con turistas y estudiantes algo descocadas. Mientras tanto, Alina cumplía con su papel de mujer ejemplar, mirando para otro lado cada vez que su marido llegaba un poco más pasado de alcohol de la cuenta o cuando no podía explicarle en qué gastaba tanto dinero. Le quería y para ella eso era suficiente. Estaba convencida de que aquel desliz que tuvo con esa fresca le había hecho recapacitar y nunca más volvería a engañarla.

Confiaba en él, aunque a veces le costara hacerlo...

Capítulo 15

Adriana se sentía tremendamente orgullosa de sí misma. Su yo del pasado habría agachado las orejas, habría cancelado todos sus planes y simplemente se habría dedicado a morir en vida. Pero dicen que todo lo que vivimos, especialmente las malas experiencias, nos hacen crecer y querernos más. Y eso es lo que ella quería hacer en este momento de su vida: quererse como nunca nadie lo había hecho.

Se puso lo mejor que tenía a mano, su sonrisa, y la combinó con unas deportivas marrones y una sencilla camiseta con un estampado un poco infantil. Una falda vaquera con la longitud suficiente para contar con la aprobación de las señoras mayores, pero que dejaba ver sus bonitas piernas esculpidas a base de incontables paseos por el pasillo del avión y largas caminatas desde la puerta de embarque hasta la salida del aeropuerto, un camino que a veces se le hacía eterno y otras cuantas demasiado corto si estaba disfrutando de los últimos momentos del día con Paolo...

La pizzería Marina Terrace donde había quedado con Alexandra se localizaba en Portomaso, el rincón más bonito de Malta. Casinos, un puerto deportivo y un cuidado entorno de construcciones modernas pero con ese aire mediterráneo del que goza toda la isla se conjugaban dando lugar a uno de los lugares con más carisma y encanto que Adriana había visto en su vida. Ya había tenido ocasión de disfrutar de él bajo el fulgor de las estrellas y ahora que regresaba de día, volvió a sentir esa sensación de libertad y triunfo que solo Portomaso había logrado darle.

Marina Terrace se convirtió pronto en su lugar favorito de la isla. No era barato, pero su sueldo de azafata le permitía sentarse a comer en él un par de veces al mes. Si tenía suerte de coger una buena mesa, podía disfrutar de unas privilegiadas vistas frente al puerto deportivo. El interior del restaurante tampoco decepcionaba: en tonos blancos, beige y madera, sus paredes tenían al mar como protagonista. Pero lo mejor era la comida: unas exquisitas pizzas, no demasiado grandes, pero bien cargadas de ingredientes de primera calidad. Su preferida era la Fiorentina, mientras que Alexandra pidió una Parma San Paolo sin poder evitar la risa y añadir un "ya que no me puedo a comer otra vez a Paolo... me como una pizza con su nombre" justo cuando el camarero se dio la vuelta.

Alex le explicó que Kate no había podido acompañarlas, pero que le mandaba saludos y prometía apuntarse a la próxima. Las primeras cervezas llegaron con buena rapidez, un gesto que agradecieron las chicas bebiéndose casi la mitad de un trago.

-¡Por nosotras!

-¡Y por Portomaso!

-¿Sabes que en Portomaso fue donde decidí quedarme en Malta? -Alexandra siempre contaba aquella historia en cuanto tenía ocasión- Fue una noche de Octubre, aún hacía buen tiempo y salí a pasear sola. Tenía sobre la mesa una oferta para una compañía irlandesa que más o menos me ofrecía las mismas condiciones que aquí, pero con la ventaja de estar en mi país. Lo cierto es que llevaba un tiempo... no sé, un poco cansada de estar fuera y me apetecía volver. Prácticamente había aceptado ya la oferta y mis planes eran empezar en 2 semanas.

-¿Y la rechazaste?

-Sí... Como te cuento, esa noche paseando por Portomaso me vino una canción a la cabeza, no creo que la conozcas, no es muy conocida fuera de mi país. Pero habla sobre lo rápido que pasa el tiempo, sobre como 20 años se pueden esfumar en un momento y como la vida a veces se concentra en un instante. Y justo ahí, en ese momento, en este lugar, comprendí que la vida son eso, instantes. Y que Malta aún tenía muchos reservados para mí, mientras que Irlanda... bueno, Irlanda siempre va a estar ahí y no estaba aún preparada para volver a la indiferencia que me causaba. Quería vivir, guardar recuerdos, enfrentarme a mí misma y a todos esos fantasmas de los que mi madre siempre me intentó proteger. Sé que esta no es mi parada final y que en algún momento tendré que detener mi andar y regresar, pero... aquel no era mi momento.

-Guau, que profunda, me has puesto la piel de gallina.

-Sí, lo sé -Alexandra rio orgullosa-. Siempre consigo transmitir eso cuando lo cuento, pero os aseguro que no es ni la mínima parte de lo que yo sentí aquella noche. Es raro, no hice nada especial, no estaba con nadie especial y sin embargo, un simple paseo en el lugar correcto nos puede hacer sentir todo eso hasta el punto de hacernos cambiar el rumbo de nuestra vida. Y déjame decirte, a veces pienso qué habría sido de mí si hubiera vuelto, pero sobre todo pienso que, si lo hubiera hecho, desde Irlanda más aún pensaría en qué habría pasado si hubiera decidido quedarme en Malta.

-¿Y crees que tomaste la decisión correcta?

-Ay amiga, eso nunca lo podremos saber. Incluso aunque la vida nos vaya bien o creamos que somos felices y tenemos todo cuanto queremos, nunca podremos ni siquiera imaginar cómo sería nuestra vida si hubiéramos tomado otra decisión. Y no hablo de grandes cambios como el que me ocurrió a mí, ¿sabes eso del efecto mariposa? -Adriana asintió, le encantaba aquella metáfora- Yo ahora soy feliz, me encanta mi vida y no lo cambiaría por nada, pero... ¿y si no hubiera sido valiente y hubiera dejado Malta? ¿Y si hubiera decidido volver a mi país tal y como estaba planeado? Quién me dice que no habría encontrado al amor de mi vida un año después y sería aún más feliz de lo que creo serlo ahora. Eso nunca podemos saberlo. Pero si estamos en paz con nosotros mismos, es suficiente para saber que fue la decisión correcta. De lo demás... ya se encarga el destino.

A todos nos gusta hablar de destino, de vida y de esos temas que escapan a lo tangible, pero Adriana tenía una sensibilidad especial para esas cosas. Ella más que nadie sabía que la vida es solo un soplo.

-Bueno, ¿y tú? Aún no me has contado cómo era tu vida en España. ¿De qué huyes?

-¿Huir? ¿Por qué voy a huir? -aquella pregunta le puso bastante nerviosa.

-¡Vamos Adriana! Ya hay confianza entre nosotras, ¿no? Todos huimos de algo en algún momento de nuestra vida. Y créeme, que las grandes viajeras como tú y como yo, aquellas que sienten la necesidad de estar continuamente con la maleta en la mano, huimos siempre de algo. Ya sea una persona, un sentimiento, un pensamiento... nuestra vía de escape ante cualquier mínima cosa que perturbe nuestra vida siempre es tomar una maleta y tratar de ver las cosas con la perspectiva que dan los kilómetros y la altitud. Yo siempre lo digo, a 30.000 pies de altura se piensa mejor -y como si quisiera firmar su frase, elevó el botellín de cerveza a modo de rúbrica y lo chocó con el de su amiga-. Cuéntame: ¿Un primer amor quizás?, ¿un recuerdo al que te aferras y no puedes olvidar? Tienes la mirada triste, sé que hay algo en tu interior.

-En realidad no es nada en concreto, solo quería vivir.

Y con esto, Adriana no mintió. Solo dijo una verdad a medias. Sí, era algo en concreto, pero sin ninguna duda lo que la llevó a anclar en Malta fueron esas ganas de VIVIR. Esa necesidad de sentir que su vida no terminaba en las pesadillas que cada noche aún seguía teniendo.

-Me parece bien, nunca debemos dejar de vivir. ¡Brindemos por ello!

-Vas a acabar rápido con la cerveza a este ritmo -Adriana no podía dejar de reír con ella.

Definitivamente Alexandra era muy divertida y mucho mejor persona de lo que su aplastante seguridad en sí misma podía transmitir.

-Entonces, ¡pidamos otra ronda! ¡Camarero!

Dieron buena cuenta pronto de las pizzas y tras disfrutar de nada menos que tres rondas de cerveza respirando ese inspirador aire que solo Portomaso nos puede dar, pidieron el postre (una deliciosa tarta de queso cubierta de chocolate blanco para Alexandra y un smoothie de coco para Adriana) y pagaron la cuenta a medias.

Tras un pequeño paseo por el puerto, decidieron entrar al centro comercial que se ocultaba en la planta baja del alto edificio azul y naranja que se podía ver desde diferentes puntos de la pequeña isla de Malta. Una galería comercial con pequeños pasillos blancos metalizados que daban la sensación de estar en un shopping centre moderno y lujoso, una imagen fiel a su nivel de precios.

Adriana buscaba un vestido para la fiesta de la empresa. En su raquítico equipaje no había tenido la ocasión de meter nada medianamente elegante y no podía presentarse en un evento de gala con vaqueros y camisa, lo más arreglado que tenía ahora en su armario. Se dio cuenta que acudir con Alexandra no había sido la decisión más inteligente desde el momento en que pisaron la primera tienda: ella, que siempre había disfrutado comprando sola sin nada que la condicionara o metiera prisa, se veía ahora recorriendo la galería de un centro comercial pijo con una irlandesa que parecía haber tomado dos o tres cafés largos.

La primera tienda a la que entraron, Nathalie, parecía más una boutique. Demasiado clásica para lo que andaban buscando, Alexandra sí pecó con unos nuevos zapatos de salón negros, "un fondo de armario" como ella decía que le sentaban como un guante a pesar de tener un tacón un poco difícil de controlar.

La hora se le empezaba a echar encima a las chicas que estaban alargando demasiado lo que iba a ser solo una salida para comer, por lo que decidieron saltar las tiendas de bolsos y accesorios y pasar directamente a las de ropa. Adriana entró prácticamente arrastrada a una ellas ante el entusiasmo de Alexandra, que había visto en el escaparate el vestido ideal para su nueva amiga. Un precioso vestido vaporoso en tono rosa chicle que resaltaba su pelo rubio y escote en uve que dejaba ver su perfecta clavícula. En la parte de la cintura aparecían discretamente unos pequeños brillantes que formaban un cinturón delgado y sutil.

Sin ninguna duda, era el vestido más bonito que había visto nunca y aunque su precio era exagerado, le bastó probárselo para sucumbir al capricho.

Pensaron rematar la tarde en el Caffe Portomaso, pero Alexandra propuso ir a tomar la merienda a su casa para que Kate pudiera ver el vestidazo con el que Adriana iba a presentarse en la cena. La avisaron por mensaje para que dejara todo lo que estuviera haciendo y fuera preparando el café para tres con doble de espuma y un poco de cacao en polvo. La ocasión lo merecía y con todas las calorías que habían consumido hoy, unas pocas más no iban a variar el desastre que se acumularía en sus cartucheras.

Cuando llegaron, Kate ya había cumplido con las órdenes de su compañera y las esperaba con la mesa puesta. Un bonito mantel color bermellón y el café servido en tres tazas blancas decoradas con un dibujo de las típicas barcas de la isla, una de sus primeras compras en Malta. En el centro de la mesa, una fuente con diferentes dulces de hojaldre y azúcar, el colofón final para un día de excesos alimentarios. Las chicas se frotaron las manos ante aquella jugosa escena y prometieron no cenar en una semana para compensar.

Pusieron al día a Kate con un par de cotilleos sobre la aerolínea y Alexandra no pudo esperar mucho más para enseñarle sus compras. Cuando vio el vestido de Adriana, se quedó igual de impresionada que lo había hecho Alex en su momento:

-¡Es precioso! Me lo tienes que dejar algún día. ¿No se va a poner celoso Ibrahim?

-Bueno… en realidad… ya lo está -reconoció Adriana, quien un día de cervezas y compras con amigas le había bastante para olvidar la trifulca que habían tenido hace tan solo unas horas-. Hemos discutido al mediodía, se le pasará.

-Está celoso por Paolo -Alexandra, quien ya conocía la historia, hizo un resumen demasiado al grano.

-Normal -Kate no pudo evitar musitar aquello mientras miraba para otro lado, pero al darse cuenta de las miradas interrogativas de sus amigas, cambió de tercio-. Quiero decir, los hombres árabes suelen ser bastante celosos y todos sabemos que Paolo tiene mucho peligro.

-¿De verdad? A mí me parece muy buen chico.

-¡Qué inocente eres, Adriana! Paolo es un vividor, un Barney Stinson bien entrenado.

-Y a mí que me parecía más un Ted Mosby… Creo que os equivocáis, yo pienso que bajo esa coraza de ligón empedernido se esconde un chico que solo quiere encontrar su camino.

-Oh, dios mío, ahora sí que empiezo a preocuparme. ¿Tienes fiebre? ¿O estás pillada por Paolo? -Kate no salía de su asombro- Mira Adriana, conozco muy bien a Paolo y es cierto que en el fondo es un tío muy especial, pero... ¿un Ted? Ni de coña, ya te lo digo yo.

-¿Pillada? ¡Qué dices! Para nada -mierda, había saltado demasiado a la defensiva.

-Ten cuidado Adriana, no es quien crees, solo quiere apuntar una más en su lista de conquistas y podrías meter la pata hasta el fondo con Ibrahim que parece muy buen chico.

Kate quiso cortar la conversación con un buen consejo de amiga, aunque en su interior lo que realmente buscaba era eliminar competencia. Se moría de ganas de tener a Paolo solo para ella, fuese un Barney o un Ted, algún día le querría contar a sus hijos como conoció a su padre igual que en la serie... Aunque la historia no empezara con un principio demasiado romántico.

Comenzaba a sentir un poco de animadversión hacia su nueva compañera. ¿Qué pretendía? ¿Llegar y quedarse con el italiano más cotizado de la isla? ¿Cazar al soltero de oro con esa pinta de niña buena? No se sintió culpable por darle un consejo "de amiga" en el que realmente iban más intereses propios que ganas de ayudar a Adriana. Si se paraba a pensarlo, no era un mal consejo a fin de cuentas: ella ya tenía un chico que parecía estupendo y Paolo había demostrado no saber hacer feliz a ninguna mujer de las que habían pasado por su lista de conquistas.

Alexandra por su parte decidió mantener el incómodo silencio que se estaba formando, no quería posicionarse. Sabía que ambas llevaban razón. Paolo era un conquistador nato, un fuera de serie como amante y un hombre que toda mujer querría probar al menos una vez en su vida, pero también sabía que querer intentar algo más con él podía ser como hacer puenting sin cuerda. Aunque... ¿a fin de cuentas la vida no es eso? ¿Lanzarse y esperar a que se abra el paracaídas? Sabía también que el día en que alguna mujer cayera en brazos de Paolo después de ese salto casi mortal, podría ser la persona más afortunada de la Tierra. Pero no iba a ser ella... En algún momento pensó que sí, ya no. Aunque fuera él el motivo por el que aquella noche paseando por Portomaso decidiera quedarse en Malta, el pequeño secreto que su historia encerraba. Todos tenemos una historia que siempre contamos a medias, una revelación de la que nos guardamos con celo el detalle más importante.

Lo cierto es que lo que alguna vez sintió por él había desaparecido y ahora disfrutaba de su amistad. Hay quien dice que la amistad entre un hombre y una mujer no existe, pero ella sabía que eso era la mayor absurdez del mundo.

¿Tanta diferencia hay entre ambos sexos? Definitivamente, no.

Fue Adriana la que decidió romper aquel incómodo silencio que se había apoderado del café:

-Tranquilas, chicas. Nunca traicionaría la confianza de Ibrahim.

-Como dice una frase que vi en Facebook el otro día: "Nunca digas de esta agua no beberé, porque el camino es largo y te puede dar sed".

Kate estaba profunda. O quizás dolida. O quizás, ella también había guardado un detalle de los que cambian realmente el curso de una historia. Un detalle de esos que nunca, por mucha sed que tuviera, nunca contaría a nadie.

Capítulo 16

Habían pasado 9 días desde aquel café en casa de las chicas y por fin el sábado de la fiesta de la empresa había llegado. 9 días en los que no había sabido nada de Ibrahim. Ni una llamada, ni un mensaje, ni una visita. Nada.

Adriana le echaba de menos, pero no quería ser ella la que volviera a arrastrarse detrás de un hombre, máxime cuando la discusión no la había originado ella. No era orgullosa, pero no quería repetir los errores del pasado. No quería que Ibrahim pensara que llevaba razón y que con una escenita lo iba a arreglar todo en un futuro. Dicen que cuando pasamos de una cierta edad, las relaciones personales son mucho más complicadas porque todos llevamos una carga. En el caso de Adriana, su carga tenía nombre, apellidos y fecha de caducidad. Su carga se había transformado en un pasaporte a una remota isla de la que poca gente sabía algo sobre ella, en una nueva vida… en una nueva "Adriana" llena de miedos y pesadillas, pero también esperanza por haber sido capaz de reconstruirse de sus cenizas…

aunque eso le implicara la posibilidad de pasarse la vida huyendo, escondida como las ratas de la tercera clase de cualquier barco.

Se quedó pensando en aquella frase que dijo Kate: *"Nunca digas de esta agua no beberé, porque el camino es largo y te puede dar sed"*. Nadie mejor que Adriana podía comprender su significado. A lo largo de su aún corta vida, había hecho cosas que nunca se podría ni haber imaginado, algunas de ellas horribles y que sin duda te pasan factura para el resto de tus días. Tomar un vaso de agua en un momento de necesidad puede poner patas arriba toda tu existencia, pero... ¿y no tomarlo? En su caso, ese vaso envenenado que aceptó en aquel turbio momento de su vida le bastó para tener que salir huyendo, literalmente. Pero aun así, no había un solo día que no se alegrara de la decisión que tomó. Todavía tenía que recordarse a sí misma cada mañana que era una buena persona, que ella no quiso convertirse en aquel monstruo capaz de... Aún no estaba preparada para decirse en voz alta lo que sucedió, pero si de algo estaba segura, era de que volvería a hacerlo una y otra vez. O mejor, volvería al día en que le conoció, para nunca aceptar ese café, para nunca responder a sus primeras llamadas ni enamorarse de él.

El día pasó demasiado rápido y aunque sabía que no le iban a sentar muy bien, se tomó un par de cafés casi seguidos a media tarde. Había sido una semana bastante intensa en el trabajo y no sabía si iba a aguantar toda una noche de fiesta. Hacía años que no salía y la simple idea de bailar hasta el amanecer le provocaba pereza e ilusión a la vez. Además, arrastraba las pocas horas de sueño que había dormido la noche anterior. Había estado hasta las 2 de la mañana chateando en el grupo de la fiesta, cerrando los últimos detalles y riendo los chistes de Hans. Una chica que aún no había tenido la ocasión de conocer, Alice, también parecía bastante simpática y daba mucho juego en el grupo. Tenía ganas de ponerle cara más allá de su foto de perfil en algún exótico lugar con unas grandes gafas de sol. Parecía tener una sonrisa muy sincera, eso sí. No se habían cruzado todavía por el aeropuerto ya que ella cubría las rutas transoceánicas y pasaba más tiempo volando que preparando los viajes. A Adriana por ahora le daba bastante pereza hacer vuelos tan largos y prefería el ajetreo del aeropuerto, de las idas y venidas, esa adrenalina que sentimos al despegar y esa calma al aterrizar.

A las seis de la tarde, decidió que ya era momento de comenzar a preparar su gran noche. Recordó cuando salía de fiesta por su ciudad con sus amigas de la infancia y buscó en Spotify una canción que siempre le pareció muy hortera pero lograba inyectarle esas ganas de fiesta que su juventud había camuflado, pero no había conseguido apagar. Mi gran noche, de Raphael, sonaba con más decibelios de la cuenta en el cuarto de baño a través del altavoz bluetooth que había encargado hace unos días en una tienda china en Internet.

Hizo el ritual completo pre-fiesta. Mascarilla para el pelo, depilación y loción corporal mientras por las ondas de su nuevo "cacharrito" sonaban los últimos éxitos. Se imaginó a sí misma bailando con Paolo, siempre con cierto espacio entre ellos, pero intercambiando esas miradas que son difíciles de sostener durante más de un par de segundos sin que las mejillas se ruboricen. Y es que podemos callar las palabras que queremos decir, podemos silenciar nuestros pensamientos o incluso mantener una actitud digna del mejor actor. Pero nada puede camuflar una mirada. Los ojos son el espejo del alma y, si supiéramos interpretar realmente lo que quieren decir, sin duda el mundo sería un poco más sincero.

Cuando salió de la ducha, miró su vestido tendido en la cama con la ilusión de una chiquilla de quince años que acude a la primera fiesta de instituto. Alexandra le había dejado un par de zapatos de plataforma que combinaban perfectamente con los brillantitos de la cintura. Decidió dejarse el pelo suelto, aunque para la mayoría de las chicas los recogidos son más elegantes, ella siempre se había sentido más segura con su pelo libre. Y la noche iba de eso: seguridad.

Como si de una broma del destino se tratara, justo cuando se volvía a plantear si debía llamar a Ibrahim, éste apareció de nuevo en su casa y en su vida a través de un par de golpes en la puerta acristalada del saloncito que daba paso a la terraza comunitaria a la que podía acceder cualquiera mediante las escaleras exteriores.

-¿Ibrahim? ¿Qué haces aquí? ¿Y por qué no has llamado al timbre? -abrió rápido para que nadie pudiera verla con el pelo aún mojado y el albornoz.

-Eso es lo que llevo haciendo un rato, ¿por qué no me abrías?

-Perdona, no lo he escuchado, estaba en la ducha y he puesto algo de música. Ibrahim, yo... me parece una tontería esto de estar peleados aún no sé ni por qué.

-Lo sé, para eso venía, lo lamento de verdad. Pero Adriana, no quiero que vayas a esa fiesta. Conozco a los tíos como Paolo, no va a desperdiciar la oportunidad.

-No habrá oportunidad. Confía en mí. Nunca haría algo así.

-¿Nunca?

-Nunca

Esta vez, sonó mucho menos convincente, porque mientras repetía esas cinco letras recordó aquello que le dijo Kate... ¿Y si en algún momento le daba sed? Su carga del pasado volvía a asomar, sus fantasmas la continuaban atormentando y en cada esquina, en cada resquicio, en cada plano de su vida, aunque nada tuviera que ver con aquello que ocurrió en un pasado que se veía aún demasiado presente, le recordaban que alguna vez ya había bebido de donde juraba nunca beber. Pero, a fin de cuentas, ¿no nos hemos quemado todos alguna vez poniendo la mano en el fuego por nosotros mismos?

Ibrahim y Adriana se fundieron en un bonito abrazo de reconciliación. Ella propuso ir a su casa cuando terminara la fiesta si así se quedaba más tranquilo pero, incómodo, rechazó una vez más la invitación alegando que cuando dormía, ni un huracán era capaz de despertarle.

-Nunca quieres que vaya a tu casa. ¿No estarás casado, verdad? -Adriana lanzó al aire la pregunta clave, riéndose y sin saber que en realidad estaba dándose de bruces con la realidad- Mira que no quiero ser "la otra".

-¿Te imaginas? Yo aquí montándote una escenita de celos por Paolo y mientras revolviéndome con otra cada noche - *"Que cabrón eres, que bien disimulas"*, los pensamientos jocosos e incluso orgullosos de Ibrahim le hacían aún peor persona de lo que podía llegar a ser-. Te voy a dejar que te vistas tranquila, se te hace tarde. ¿Te llamo mañana?

-Claro. Hasta mañana.

Tras el beso de despedida, Ibrahim dejó el piso de "la otra" por el mismo sitio por donde había entrado, la puerta ventanal de la terraza, como quien huye por la puerta de atrás, un símil que le venía como anillo al dedo a un Ibrahim demasiado acostumbrado a jugar a varias bandas. Dicen que quien hace algo una vez, probablemente no lo haga una segunda, pero quien lo hace dos sin duda lo hará una tercera. Y las aventuras de Ibrahim ya se contaban por decenas. Era un infiel por naturaleza, su historia con Adriana y con el resto de chicas no se trataba de ningún error puntual del que puedes liberarte con el paso del tiempo, aunque en esta ocasión algo sí se revolvía en su interior. Ibrahim se estaba enganchado demasiado de aquella chica de ojos tristes que, aunque se empeñara en mostrar al mundo su imagen más feliz, su mirada seguía ocultando un duro recuerdo.

Las horas pasaron con demasiada rapidez y pronto la noche se echó encima. Tras dejar una escasa propina a un taxista muy poco amable (¡carácter típico maltés!), Adriana llegó al lugar donde tendría lugar la celebración de la fiesta anual de la empresa. Un año más, la compañía había elegido el hotel Hilton, situado a escasos metros de la pizzería donde una semana antes las chicas habían compartido confidencias. No podría haber un marco mejor que el siempre mágico Portomaso, quien de noche mostraba su lado más magnético y era capaz de enamorar hasta al más duro de los corazones.

En la puerta, tal y como habían planeado, se encontraban ya Kate, Alex, Hans, Robert y Paolo. Solo faltaba una Adriana que se unía ahora al grupo. En cuanto descendió del taxi, todos se volvieron boquiabiertos para mirarla: definitivamente el vestido le sentaba como un guante. Paradójicamente, de entre todos, Paolo fue quien menos la miró. No quería que sus ojos le delataran. Esquivar la mirada era, en aquel momento, lo más inteligente.

Adriana saludó con cierta timidez al grupo que permanecía en la puerta esperándola. Notó a Kate algo distante, pero no le dio importancia. Alexandra se abrazó a ella y le dijo al oído que esa noche iba a ser mítica. La chica de los ojos tristes sonrió y miró de reojo a Paolo. Y entonces, solo entonces, se dio cuenta que ese NUNCA que le había prometido a Ibrahim podría convertirse en un TAL VEZ. Porque al ver que Paolo también la buscaba con disimulo entre la gente, descubrió que la vida podía ser bonita. Mucho más bonita de lo que le habían hecho creer hasta ahora.

Al entrar al salón, hicieron un improvisado juego de sillas en la mesa que tenían asignada, quedando Adriana estratégicamente colocada entre Alexandra y Paolo. Mientras todos terminaban de colocar sus chaquetas en el respaldo y tomaban asiento, se detuvo unos instantes a admirar el lugar. El Hotel Hilton era una verdadera maravilla por dentro y por fuera. El salón reservado especialmente para la fiesta de la aerolínea, lejos de las miradas de turistas y curiosos, guardaba una decoración elegante y moderna a la par. Tonos blancos y dorados que se entrelazaban con excelente buen gusto. Las mesas redondas bailaban repartidas por el centro del amplio habitáculo. A un lado, un gran espacio vacío junto a la barra donde un barman ya comenzaba a hacer juegos de manos con la coctelera a pesar de no tener público que le animara. Aquella debía ser la zona de baile. Al otro lado, un pasillo que se perdía discreto: todo parecía indicar que podrían ser los servicios de señoras y caballeros.

Cuando todo el mundo ocupaba su lugar, las luces se tornaron más tenues y en uno de los laterales de la pista de baile tomó el protagonismo Andrew McAdams, el director de la compañía aérea. Breve discurso de cortesía, agradeciendo a todos sus empleados su presencia en la fiesta, recordando a los compañeros que no habían podido acudir a la cita por encontrarse volando e intercalando algún que otro chiste malo que aun así conseguía arrancar las carcajadas de los asistentes. Se despidió esperando volver a verse el próximo año, mismo lugar, mismas caras, y deseando un año lleno de vuelos y sueños.

Aquel final de discurso hizo que durante unos breves segundos, Adriana se pusiera reflexiva. Un año. ¿Lograría aguantar en aquel mágico lugar un año más? ¿Tendría que salir huyendo otra vez casi con lo puesto? La simple idea de ser descubierta le erizó la piel, pero quizás el culpable de esta reacción física fue en realidad un Paolo que, bien por accidente o bien como resultado de un movimiento estudiado, había rozado su mano izquierda al tomar su servilleta. Nunca lo sabría, pero aquel oportuno gesto sirvió para sus ojos volvieran a empotrarse y diera pie a la primera conversación de la noche.

-¿Te imaginabas esto así? Ya te aviso que al final de la noche la gente es mucho menos seria de lo que ahora parece.

-¿Lo dices por ti? -una sonrisa ladeada acompañó a esa pregunta e, inmediatamente, comprendió que tenía aflojar el ritmo o se le iba a hacer muy cuesta arriba cumplir la promesa que le había hecho a Ibrahim unas horas antes.

-Veo que aprendes rápido, ¿quién eres y qué has hecho con mi amiga la española?

-¡Soy yo! Un poco más arreglada de la cuenta, pero yo al fin y al cabo.

Y no. Contra todo pronóstico, no hubo piropo ni conato de tonteo por parte de Paolo, lo que le hizo pensar a Adriana que o bien no era tan Casanova como los demás se empeñaban en creer o bien la había desterrado a la maldita 'friendzone'. *"Mejor así"*, pensó. Robert les interrumpió proponiendo el primer brindis de los muchos que harían esa bonita noche.

La cena transcurrió en un ambiente de risas y jolgorio controlado bastante agradable. En todas las mesas se veía una relación bastante sana y no esas máscaras de falsedad que se suelen ver en otros trabajos. Quizás la soledad del mundo de la aviación hacía que las relaciones que se forman entre nubes sean mucho más sinceras que las que se gestan en un centro comercial o en un bar, donde la lucha por las comisiones y las propinas sacan a relucir de forma temprana quién es una mala víbora y quién no encaja en ese mundo.

Los ojos tristes de Adriana tenían esa noche un ligero brillo. Lo estaba pasando bien, demasiado bien. Con Paolo y Alexandra al lado, era imposible quedarse sin tema de conversación o aburrirse. Aprovechó la salida al baño de ambos para consultar las notificaciones de su móvil: ni rastro de Ibrahim. Le mandó un mensaje que, a pesar de haber sido leído, no obtuvo respuesta.

Alex y Paolo volvieron riendo como los dos grandes amigos que son y comentaron con Adriana lo exquisito que estaba el menú, compuesto por una ensalada caprese, un risotto frutti di mare y una copa de fresas balsámicas con helado de chocolate blanco, las cantidades eran acertadas y lograron encontrar el punto justo entre quedarse con hambre o levantarse con la sensación de haberse convertido en un globo.

Cuando todos hubieron terminado sus platos, Andrew McAdams volvió a hacerse con el micrófono y repasó algunos de los datos logrados por la aerolínea en el último año. Horas de vuelo, millas recorridas, porcentaje de puntualidad, número de pasajeros a bordo y otras cifras que dejaban en evidencia el buen estado de salud de las cuentas financieras de la compañía. Tras un pequeño acto de reconocimiento a uno de los pilotos que se jubilaría durante ese año, un hombre canoso del que Adriana no pudo memorizar bien su nombre a causa de la cerrada pronunciación del Sr. McAdams y los tres vinos de más que ya llevaba en su cuerpo, se dio por abierta la barra libre y comenzó a sonar la música.

A Adriana siempre se le había dado fatal romper el hielo en aquellas situaciones, pero no pudo evitar verse arrastrada a la pista de baile por una Alexandra que, si con un par de cafés es peligrosa, mejor no hablar cuando la bebida contiene más graduación de la cuenta. Paolo, Kate, Hans y Robert se unieron pronto a ellos y en unos minutos la noche se tornó joven.

Una joven y alocada Alice se unió pronto al grupo durante un rato, presentándose a Adriana de una forma demasiado eufórica. Sí, no cabía duda que aquella era la Alice que había revolucionado el grupo de Telegram los días previos al evento.

Aunque pasó bastante tiempo bailando con Paolo, Adriana pedía a gritos que ese muro invisible que parecía haberse formado entre ellos se desvaneciera y el atractivo italiano la cogiera de la cintura para bailar igual que había hecho con Alexandra o con la propia Alice. Fue con un tema de Enrique Iglesias quizás demasiado explícito cuando Paolo acercó tímidamente posiciones y la tomó por la cintura sin dejar de mirarla directamente a los ojos. Sin embargo, Adriana volvía a caer en el error de no saber aguantar la mirada, un acto reflejo que lejos de camuflar sus verdaderas intenciones, hacía que toda la jugada de su baraja quedara al descubierto sobre la mesa. Paolo había vivido más de una decena de veces aquella reacción y sabía bien lo que significaba. El deseo era mutuo. Sabía que enredarse con Adriana aquella noche solo le iba a traer problemas, pero decidió apostar todo al rojo. Quizás fruto de los meses que llevaba escondiéndose a sí mismo las ganas que le tenía a la española o quizás por el efecto del alcohol que llevaba tomando toda la noche, en aquel momento todo le dio igual.

Arrastró a Adriana sin preguntar hasta el mal iluminado pasillo del baño de señoras y solo le bastó que ella le devolviera la sonrisa para entender que aquello significaba que tenía vía libre. Chocó sus labios con rabia contra los suyos, un instante en el que se habría quedado a vivir de por vida. Un instante, que apenas duró unos segundos.

Un portazo se escuchó al final del pasillo. Del baño de señoras salió una Kate enfurecida que fue hacia ellos sin dudar un segundo. Adriana se apartó lo más rápido que pudo, entre avergonzada y agitada, pero no fue suficiente para evitar que Kate viera toda la escena.

-¡Pero qué os pasa a vosotros! ¡Qué estáis

haciendo! -por suerte, la música del exterior amortiguaba los gritos que profería una Kate fuera de sí.

-¡Kate! ¡Relájate! No tienes ningún derecho a pedirnos explicaciones -Paolo trató de tomar el control de una situación que se les había ido de las manos hace demasiado tiempo.

-¿Qué no tengo derecho? Ella está con Ibrahim, por el amor de Dios. Y tú, tú...

-Vámonos, Kate. Este no es sitio para hablar.

Con una destreza inusitada, Paolo logró sacar a Kate de aquel lugar, dejando sola a una Adriana que no sabía si acababa de vivir el mejor momento de su vida o el más ridículo. Paolo y Kate terminaron en la terraza del Hilton, con la luna bañando las aguas de Portomaso como testigo.

-Kate, ¡basta ya! ¡Déjame en paz! ¡Comprende que lo nuestro fue una maldita noche, joder! ¡Un puto error que no dejas de recordarme!

-No voy a consentir que me trates como a un error, sabes que volverías a hacer lo mismo si volvieras atrás. Yo solo pretendo que te des cuenta que es conmigo con quien quieres estar.

-No, Kate, no te equivoques. Tú eres la única con la que no volvería a hacer lo mismo. Porque no quieres entender que me equivoqué, ¿vale? Me equivoqué. Soy humano, nunca debí hacerle eso a Alexandra y nunca debió suceder contigo porque estás loca. ¡Estás muy loca! ¡Olvídame! ¡Ha pasado ya mucho tiempo y sigues intimidándome con tus miradas acusatorias cada vez que me acerco a una chica!

Con los ojos llenos de lágrimas, Kate le dejó con la palabra en la boca y regresó al interior de la fiesta. Pasó por el oscuro pasillo de los baños y encontró a una Adriana en estado de shock, en la misma posición en la que la había dejado. No terminaba de asumir que acababa de besar a Paolo. O mejor dicho, que Paolo la había besado y ella se había dejado querer. Sí, eso quizás sonaba mejor y menos acusatorio. No sabía si sentirse culpable o darles libertad de una vez por todas a las mariposas de su estómago. Pero al ver a la furiosa Kate, bajó de la nube en la que parecía haberse quedado a vivir. No entendía qué le ocurría a su amiga, pero si algo había caracterizado siempre a esa chica de ojos tristes, es su tremenda empatía con el resto del mundo.

-¡Kate! Escúchame, por favor. ¿Qué te pasa?

-Estoy mal, Adriana. Quiero irme a casa. Pero no te preocupes por mí, de verdad. Cojo un taxi y mañana hablamos.

-De ninguna manera, no pienso dejarte sola así.

-Pero es tu primera fiesta de empresa, no quiero estropeártela.

-Créeme que ya me la he estropeado yo sola. Además me duelen los pies. Por favor, déjame acompañarte.

-Vale, pero... ¿dormirías en mi casa?

-Eso está hecho. Déjame despedirme de los demás con alguna excusa y nos vamos, ¿vale? Ve llamando al taxi, mejor que no te vean así.

Adriana se acercó al grupo al que ya se había unido Paolo, alegó que a Kate le había sentado mal la cena y la iba a acompañar a casa. Repartió abrazos uno por uno y cuando llegó a Paolo, se despidió de él con dos electrizantes besos. Si algo tenían claro los dos, es que jamás olvidarían aquella noche. Dos segundos bastarían para soñar toda una vida.

Capítulo 17

A pesar de que no estaba en su casa, Adriana aprovechó los 10 minutos que Kate pasó en el baño desmaquillándose para preparar un poco de sopa instantánea en el hervidor de agua que parecía venir de serie en todas las cocinas de Malta. Una bebida caliente es capaz de calmar el corazón más desvalido... o por lo menos calentarte las manos, que no es poco.

Adriana aún no comprendía que le había ocurrido a Kate para reaccionar de esa manera. A no ser que... No, no podía tratarse de una escena de celos ante su beso con Paolo. Ella siempre le criticaba y le aconsejaba que se apartara de él, no tendría ningún sentido que en realidad sintiera algo por el italiano.

Paolo. Sabía que aquella resaca no se le iba a curar con un par de Ibuprofenos. Recordó con detalle todo lo que había pasado esa noche: el roce fortuito de las manos durante la cena, las interminables sonrisas en las que no podía aguantar la mirada, su mano cogiéndola por la cintura mientras bailaban. El beso.

Volvió a sentirse como una quinceañera ilusionada ante el primer signo de interés del chico que te gusta y no pudo evitar notar una punzada de decepción al darse cuenta de que con Ibrahim nunca había sentido eso. Quizás porque él nunca fue lo prohibido, quizás porque todo fue tan fácil desde un primer momento que no había hecho falta levantar un tsunami en su interior para desear estar entre sus brazos.

A la decepción le siguió la inevitable culpabilidad. Quiso buscar responsables: las largas horas entre nubes, la galantería de Paolo, el alcohol, la música. Pero al final de todo, la única culpable era ella. Porque... ¿cómo culpar al viento del desorden causado, cuando eres tú quien ha dejado la ventana abierta?

Había traicionado la confianza de Ibrahim, aunque debía agradecerle a Kate que aquel desliz no hubiera ido a más. Porque, si no llega a ser por la dramática irrupción en escena de su compañera, ¿qué habría ocurrido entre ellos dos? ¿Habría sido el propio Paolo quien se hubiera zafado de sus brazos cuando el alcohol le hubiera mostrado la realidad? ¿Habrían llegado a más?

Adriana siempre creyó en el destino y sabía que quizás era mejor dejarlo así. No había venido a Malta dejando todo atrás para volver a complicarse la vida por un hombre. Ni siquiera por Paolo.

Y sin embargo, ahí seguía ese vuelco al corazón cada vez que su mente recordaba su nombre. Paolo. Decía un famoso actor de Hollywood que cuando te enamoras de dos personas, debes elegir siempre a la segunda, porque si realmente estuvieras enamorado de la primera no te habrías fijado en la otra. Y como el preaviso de algo que estaba a punto de suceder, un escalofrío recorrió su espalda. La chica de los ojos tristes volvió a sentirse insegura, vulnerable, débil.

Se levantó para cerrar la ventana a la que culpó de aquel frío que acababa de sentir, justo cuando Kate entró en la cocina para reunirse con ella.

-¿Estás mejor?

-Sí, gracias por preocuparte. Adriana, lo siento de verdad por la escenita, no quería arruinarte la noche, pero...

-¿Pero?

-Adri, ¿tú estás segura de lo que estás haciendo?

Y entonces, al ver empañados de lágrimas los sinceros ojos de su amiga, comprendió el tremendo error que estaba cometiendo. Kate solo se preocupaba por ella: probablemente el resto del mundo llevaba razón y Paolo no le convenía. En realidad, ningún hombre le convenía en aquel momento. Había sido tan estúpida por comenzar una relación con Ibrahim, tan infantil por engancharse de Paolo, que en ese instante todo dejó de importarle. Quizás sí se merecía todo lo que le había pasado en la vida, quizás debía haberse quedado en España y asumir que... *"No, Adriana, no puedes pensar eso"*.

Kate volvió a romper el silencio con su delicada voz:

-Cariño, solo me preocupo por ti, de verdad. He visto a muchas compañeras sufrir por Paolo y te aseguro que los hombres como él no cambian. No te mereces algo así, además estás bien con Ibrahim, ¿no?

-Sí, bueno, discutimos bastante, lo normal supongo, nos estamos conociendo aún pero estamos bien. Por favor, no le digas nada.

-¡Claro que no! Esto queda entre Paolo, tú y yo, aunque...

-¿Qué ocurre?

-No descartaría que Paolo sí se fuera de la lengua.

-No, no creo que quiera echarse a Ibrahim en contra y quedar como el malo de la historia.

-Ay Adriana, eres tan inocente... Si tú ahora rechazas a Paolo, él va a querer más y la manera de conseguirte será apartándote de Ibrahim.

-Es que me parece tan surrealista que todos veáis a Paolo como ese tipo de personas... O me ha sabido vender muy bien la moto o he perdido mi intuición femenina. Bueno, en realidad nunca la tuve, para qué nos vamos a engañar -las dos chicas rieron. Les gustaba ese ambiente de confianza que estaban formando-. Bueno, pero no hemos venido a hablar de mí. ¿Qué te ha pasado, Kate?

-Nada, solo recibí una llamada de mi madre, discutimos y exageré bastante. No teníamos que habernos marchado de la fiesta, pero no me sentía bien. Lo siento mucho.

-No tienes nada que sentir, para eso están las amigas. Dime, ¿puedo hacer algo para que te sientas mejor?

-No vuelvas a ver a Paolo -sentenció Kate ante la incrédula mirada de Adriana.

-No puedo hacer eso, es nuestro compañero. Tenemos que volar juntos.

-Sabes a qué me refiero: no vuelvas a verle de "esa" manera. Olvídale, Adriana, olvídale -sus palabras sonaban demasiado duras.

-No puedo olvidarle. Porque nunca he comenzado a extrañarle.

Kate sonrió y tras un bostezo fingido, miró el reloj e indicó que ya era hora de acostarse. Le dio dos besos de buenas noches a su amiga y le pidió que la despertara si tenía frío por la noche y quería que le sacara alguna colcha o una manta ligera. Se sentó en la cama y volvió a sonreír. Había sido una noche larga y con un imprevisto que no esperaba, pero por fin parecía tener controlada a la mosquita muerta de Adriana. Algún día el karma le pasaría factura por las puñaladas que, a conciencia, sabía que le estaba clavando a su "amiga", pero mientras tanto se dedicaría a disfrutar de los frutos de su plan. Con Adriana fuera de escena, Paolo volvería a ser suyo. Solo para ella. Esta vez sí.

En la habitación de al lado, una Adriana desbordada por los acontecimientos se tumbó en la cama mientras agradecía en silencio lo cómoda que era aquella almohada. No tanto su conciencia, revuelta por haber estado a punto de caer en aquello que siempre juró no hacer.

Sabía que Kate llevaba razón. Paolo solo le iba a trastocar la vida y no era el mejor momento para dejar que nadie revolviera en sus cosas. Lo había decidido. No iba a volver a pensar en él. Solo esta noche y nunca más… Solo una noche más…

Capítulo 18

A la mañana siguiente, Adriana le envió un mensaje a Ibrahim nada más despertarse. Por suerte había dejado de beber pronto y no tenía mucha más resaca que un ligero dolor de cabeza y el estómago vacío. Tenía hambre, mucha hambre.

Contestó pronto pero no fue la respuesta que ella hubiera querido. De nuevo una excusa por la que no podían verse hoy acompañados de unos cuantos iconos de guiños y besos. A veces le costaba seguirle el ritmo. No entendía por qué unos días era el hombre más empalagoso del mundo y otros cuantos desaparecía como si se lo hubiera tragado la tierra, hasta el punto de no llamarla ni una sola vez y tener el teléfono todo el día apagado. Suspiró. No era el momento de preocuparse por los hombres. Ni por él ni por... Paolo.

Miró el reloj y comprobó lo tarde que se le había hecho ya. Dio gracias mentalmente llevando los ojos al cielo cuando vio que Kate ya estaba en la cocina preparando algo rápido:

-¿Te quedas a comer?

-No, no me da tiempo ya, volamos esta tarde y tengo que pasar por mi apartamento para coger el uniforme. ¿Me puedes hacer un favor? ¿Me prestas algo de ropa? No me gustaría salir a la calle a la 1 de la tarde con el vestido y los tacones de anoche.

No pudieron evitar reír y taparse inmediatamente la boca para no despertar a Alexandra. Le dejó un par de prendas básicas y unas zapatillas de cordones y le ofreció un pequeño bolso de fin de semana donde transportar el vestidazo con el que había logrado conquistar al mismísimo Paolo la noche anterior. Se despidieron con un par de besos hasta dentro de unas horas y Adriana salió a la calle con paso firme aunque templado. Dicen que cuanto más molesta el sol al día siguiente, es porque más vamos a tardar en olvidar esa noche. Si esto fuera cierto, Adriana no olvidaría aquella noche nunca. Echó de menos sus gafas de sol y volviendo a consultar el reloj del móvil, decidió coger un taxi en lugar de esperar al anticuado autobús que hacía parada unos metros más abajo de la puerta de su apartamento. Iba con la hora demasiado pegada y no quería llegar tarde a trabajar.

Mientras esperaba a que el taxi al que había telefoneado llegara a recogerla, paró a comprar un par de pastizzis: uno de salchicha y otro de pepperoni y queso, sus preferidos. Eligió los más pequeños para que le diera tiempo a comérselos antes de subir al taxi y justo cuando hubo dado su último bocado, un destartalado coche paró frente a ella.

-Triq Alamein, por favor.

Y de nuevo, silencio por parte del conductor que solo demostró estar vivo con el rugir del motor que volvió a poner en marcha. Adriana aún no se había acostumbrado a la inhospitalidad maltesa. Había gente maravillosa, por supuesto, pero la mayoría de los que se topaban con ella a diario regalaban malas formas sin tapujos.

Llegó a su apartamento con el tiempo justo de sacar el vestido de la bolsa para que no se arrugara demasiado y se puso rápidamente su uniforme de trabajo. Recogió su cabello en una coleta a media altura y con una horquilla se colocó algunos pelos rebeldes que ya pedían a gritos un buen corte.

Volvió a salir corriendo rumbo al aeropuerto para una nueva jornada de trabajo que intuía iba a ser demasiado larga...

Hasta ese momento, no había reparado en que en apenas unos minutos tendría que volver a ver a Paolo después de su espantada de ayer. Se sintió avergonzada e impaciente a la vez. Quería comprobar su reacción: le daba miedo que ni siquiera le hiciera ningún comentario o ni la mirara y le demostrara que para él también había sido un error o un simple acto fruto del alcohol.

Por suerte, cuando llegó la reunión del día ya había comenzado. Entró sin hacer ruido y aquellos que estaban de espaldas a la puerta, entre los que se encontraba Paolo, no se percataron de su presencia. *"Genial. Ahora soy invisible"*. Pero la invisibilidad le duró poco. Cuando tomaron sus trolleys y se encaminaron rumbo a la puerta de embarque asignada para Palma de Mallorca, Paolo la alcanzó hasta colocarse estratégicamente a su lado. Odiaba volar a España. Al contrario que sus compañeros que se emocionaban cada vez que tocaban suelo en su país de origen, las pulsaciones de Adriana se descontrolaban cuando el avión tomaba tierra. El resto de la tripulación no entendía su reacción, no quería ni siquiera mirar por la ventanilla y mucho menos bajar del avión. Solo trataba de realizar el embarque lo más rápido posible y despegar de nuevo rumbo a cualquier otro lugar.

Los pasillos metálicos del aeropuerto de Luqa fueron testigos de la primera conversación de Adriana y Paolo tras ese corto beso. Es curioso como a veces, las cosas que menos duran son las que más recordamos.

-¿Cómo has dormido? -fue Paolo quien se decidió a romper el hielo.

-Bien, gracias. Me he quedado en casa de Kate y Alex.

-Sí, ya vi que ayer Kate estaba un poco perjudicada. Adri, yo… no sé qué te habrá contado, pero te pediría que escucharas las dos versiones.

-El lobo siempre será el malo si solo conocemos la historia de Caperucita, ¿no?

-No sé si me estás llamando lobo o… -rio y de nuevo Adriana se quedó eclipsada de esa sonrisa.

-Tranquilo, no me ha contado nada. Solo me ha dado un par de consejos de amiga que debo seguir. Paolo ⏹detuvo la marcha, aquello que iba a decir era demasiado importante como para hacerlo caminando con prisa y sin mirarse⏹, lo de ayer fue un error. Quiero decir, no fue un error, pero no quiero que nadie más aparte de nosotros tres se entere de lo que ocurrió, ¿vale?

-¿Entonces no fue un error?

-No.

-¿Y volverías a…?

-No.

-Entiendo. Tranquila, no tenía pensado contar nada. Tu secreto está a salvo.

-Gracias. Y tú… ¿estás bien?

-Sí, estaba preocupado por si después de lo de ayer iba a ser incómodo volver a vernos. No me gustaría perder la amistad que tenemos.

-Tranquilo, eso no va a pasar.

-¡Embarquemos, pues! ¿No te alegra estar entre tanto pasaje español?

-¿Alegrarme? ¡Me da pánico!

-No lo entiendo, la verdad.

-Hay muchas cosas de mí que nunca entenderás... ni querrías entender.

-Somos amigos, Adri. Sé que algo te pasó en Madrid y sé que viniste a Malta huyendo de algo. Puedes contármelo.

-No insistas, por favor.

Y Paolo no volvió a insistir. Pero no podía evitar preocuparse por su amiga. Le parecía una buena chica con un secreto tan grande que era capaz de entristecer su mirada. Aun así, había notado una gran mejoría en ella desde que llegó a la isla. Le gustaría pensar que era por él, que la ilusión que él había despertado en ella había sido suficiente para devolverle la alegría a su alma, pero incluso a él, acostumbrado a encadenar un ligue tras otro, le parecía demasiado pretencioso por su parte pensar que era capaz de despertar algo así en otra persona. Si tan solo supiera que el simple aleteo de una mariposa se puede sentir en el otro lado del mundo...

Capítulo 19

Sin prisa pero sin pausa, el pasaje comenzó a embarcar mientras la tripulación les daba la bienvenida a bordo de aquel vuelo con destino Palma de Mallorca. Adriana se encontraba en el galley trasero preparando algunos de los enseres que necesitarían durante el viaje y fueron Kate y Hans los encargados de ayudar a todo el mundo a colocar su equipaje de mano en los compartimentos superiores y a localizar sus asientos a la mayor brevedad posible. Paolo y Alexandra, por su parte, ayudaban a Robert en cabina con las últimas indicaciones antes del despegue.

En las caras de todos ellos se reflejaba el cansancio de una noche para el recuerdo: Alexandra y Hans habían estado bailando hasta altas horas de la madrugada, Kate había pasado la noche en vela dándole vueltas a la cabeza y Paolo y Adriana habían estado despiertos en los sueños del otro, algo sin duda agotador. Dicen que cuando por la mañana te levantas cansado, significa que alguien ha estado soñándote. Y a juzgar por sus rostros, a pesar de que ambos se fueron a casa relativamente pronto, la noche había sido larga e intensa.

El pasaje se terminaba de acomodar en sus asientos y cuando Adriana estaba a punto de volver al pasillo del avión, tuvo que frotarse los ojos dos veces ante el espejismo que acababa de ver.

Juraría que aquella mujer del 14C era su tía Carla. Pero no... no podía ser... era imposible... Pensándolo bien, para una viajera incansable como recordaba que era aquella curiosa mujer, cualquier lugar del mundo era bueno para encontrársela...

Volvió a asomarse tímidamente, despacio, mientras sus compañeros daban orden de cerrar las puertas. Y entonces los ojos de ambas se encontraron. Volvió a esconderse ágilmente, pero no le cupo duda que se trataba de su tía Carla... y que ella también la había reconocido.

-Perdona... ¡Oye! ¡Perdona!

Al ver que la mujer se deshacía de su cinturón de seguridad y acudía a la parte trasera torpemente esquivando a los pasajeros que aún estaban de pie colocando sus pertenencias, a Adriana comenzaron a fallarle las piernas. Se le nubló la vista y notó como iba perdiendo fuerza.

Cerró la cortina a duras penas y le gritó a Alexandra que no cerrara aún la puerta.

-Tengo que bajar. Tengo que bajar. No puedo estar aquí.

-¿Te has vuelto loca, Adriana? ¿Cómo vas a abandonar el avión ahora? ¡Vamos a despegar ya!

-Tengo que bajar. ¡Déjame bajar! -vociferó con las pocas fuerzas que le quedaban. Sin duda aquello se habría escuchado en la cabina de pasajeros.

-Tranquilízate. ¿Qué te ocurre? ¿Estás bien? ¿Quieres un calmante?

-Quiero que me dejes bajar -la intensidad de su voz ahora se quebraba en un débil susurro-. Por favor, abre la puerta de nuevo y déjame bajar.

-Voy a llamar a Robert, quédate aquí, tranquila.

-¡Te he dicho que no puedo estar aquí!

Pero Alexandra hizo caso omiso a las súplicas de su amiga y se dirigió hacia el puesto del piloto para informarle del problema que estaban teniendo. El resto de la tripulación, al tanto de todo, la miraba con expresión interrogante, mientras que un Paolo visiblemente preocupado, por primera vez en sus años de profesión, abandonó su puesto para ir a ver qué ocurría.

El efímero segundo en el que Alexandra abrió la cortina para ir al extremo opuesto del avión,

Adriana pudo ver como aquella mujer en la que reconocía a su tía Carla había vuelto a ponerse de pie e iba en dirección hacia donde ella se encontraba.

Volvió a chillar, fuera de sí, sacó fuerzas de donde no las tenía y logró abrir de nuevo la puerta. Tuvo suerte que el finger aún estaba montado y pudo huir corriendo por el pasillo metálico. Huir… otra vez… Las imágenes se sucedían en su cabeza como si de tortuosos flashes se trataran. Gritos. Llaves. Lluvia. Ron. Andrea. ÉL. En unos segundos había alcanzado la puerta de embarque, donde la azafata de tierra, ya recogiendo todas sus pertenencias, la miró con la misma cara que alguien que ve a un fantasma por primera vez.

-¿Te encuentras bien? ¿Hay algún problema en el vuelo?

Pero Adriana no pudo contestar. El ataque de ansiedad que estaba sufriendo terminó de quebrar su voz. El personal de tierra acudió en su ayuda e inmediatamente la trasladaron al puesto médico más próximo. Bastaron unos segundos para que volviera a despertar y pudiera ver los rostros de los dos operarios que la estaban trasladando hasta el lugar donde se encontraba el doctor.

-¿Dónde me lleváis? Estoy bien, estoy bien. Dejad que me vaya.

-Tranquila muchacha, has sufrido un ataque de ansiedad. Vamos a llevarte para que te examine el doctor, no te pasará nada.

-¿Dónde está ella?

-¿Quién?

-La mujer del avión, la mujer que...

-No ha bajado nadie del avión.

Suspiró.

-No quiero subir de nuevo -implorando, Adriana se sentía de nuevo aquella niña vulnerable.

-No puedes volar en estas condiciones. Se han comunicado con el avión para que hagan la ruta sin ti. De hecho creo que acaba de despegar -las palabras que salían a través de la voz varonil de aquel hombre con chaleco naranja eran el mayor salvavidas al que Adriana podía aferrarse en ese momento.

-¿Estáis seguros que nadie ha bajado?

-Absolutamente nadie. ¿A qué mujer se refiere?

-Nadie. No era nadie.

Llegaron a la consulta del doctor y, tal y como había pronosticado aquel operario, Adriana había sufrido un cuadro intenso de ansiedad. Tras las preguntas rutinarias acerca de si era la primera vez que le ocurría, si tomaba algún tipo de tratamiento médico y un examen toxicológico para descartar que no hubiera estado producido por el consumo de sustancias que habrían tirado por tierra su carrera en el mundo de la aviación, el médico del aeropuerto dejó que Adriana se marchara por su propio pie después de administrarle un par de potentes calmantes, recomendarle reposo y acudir a su centro de su salud a la mayor brevedad posible para realizarse un chequeo más completo.

Suspiró, agradecida, y tomó un taxi de vuelta a su apartamento. Mañana tendría que dar muchas explicaciones por esto.

Mientras tanto, en el avión que había despegado hacía aproximadamente una hora, aquella mujer de mediana edad que se había quedado sin palabras, recuperó por fin el habla.

-Perdone, señorita.

-¿Sí? ⬚preguntó Kate amablemente.

-Esa chica que ha bajado del avión… La azafata…

-No se preocupe señora, ya se han comunicado desde el aeropuerto y nos han dicho que todo está bien. La ha visto un médico y ha sido solo una crisis de ansiedad.

-Vaya, cuanto me alegro. Pero verá... Estoy segura de algo. ¿Me puede dar un vaso de agua?

Aparentemente serena por fuera, pero hecha un manojo de nervios por dentro, Carla estaba viviendo el vuelo más surrealista de su vida y no eran pocas las millas que llevaba acumuladas a sus espaldas. Había vuelto a verla. Y se había ido, había salido corriendo. Podría haberla reconocido entre un millón de chicas de su edad y por mucho que hubiera cambiado de look, tenía claro que era ella. Siempre tuvieron una unión especial y volver a verla había sido su deseo cada noche.

Por una parte, localizarla, saber que estaba bien, que había vuelto a hacer su vida y que no había acabado muerta en cualquier carretera como pensaban los demás le había devuelto por fin la paz que necesitaba; pero su reacción había sido cuanto menos incomprensible. Sus ojos estaban cubiertos con un manto de tristeza, pero al cruzar sus miradas lejos de sentir amor o añoranza, había visto miedo, pánico.

Pobre chiquilla... cuanto había sufrido... Ladeó su cabellera morena salpicada por unas cuantas canas fruto de la edad y sobre todo de los disgustos y trató de recomponerse cuando la azafata regresó con su vaso de agua. Parecía simpática y buena persona, aunque prejuzgar a las personas nunca fue su fuerte. Bebió y, agradecida, le devolvió el vaso a aquella chica que la miraba con ojos curiosos.

-¿Se encuentra usted mejor? ¿Necesita algo más?

-No, muchas gracias, cielo. Ya estoy bien.

-Antes parecía que quería contarme algo. Dígame, ¿a qué se refería cuando decía que estaba segura de algo?

-Verá muchacha... A propósito, ¿cuál es tu nombre?

-Kate, me llamo Kate.

-Encantada, Kate. Mi nombre es Carla. Verás, Kate... aquella azafata, la chica que salió corriendo...

-¿Sí?

-Es mi sobrina.

Capítulo 20

Kate no salía de su asombro.

-¿Su sobrina? ¿Está usted segura?

-Totalmente. No la he parido, pero la quiero como tal. La reconocería siempre.

-Pero no lo entiendo, ¿por qué no le ha dicho nada? ¿Por qué ha salido ella corriendo? ¿No debería haberse alegrado de verla? Perdón, estoy haciendo muchas preguntas y quizás no debería meterme en la relación que ustedes tienen, estoy siendo un poco impertinente -Kate era lista. Muy lista. Sabía que esa historia encerraba mucho más de lo que pudiera parecer a simple vista y nada como hacerse la ingenua para ganarse la confianza de aquella señora.

-Mi sobrina desapareció hace un tiempo. Nunca más supimos de ella. Aunque es una historia que no quiero recordar ahora. Pero, ¿sabes Kate? -sonrió- Los milagros existen. ¿Sois amigas? ¿Está bien ella aquí? ¿Es feliz?

-Sí, somos muy amigas -mintió. O por lo menos, para ella no era su amiga. Una persona como Kate no podía saber lo que era la amistad-. Y sí, Adriana es muy feliz.

-¿Adriana? Vaya... Eso sí que no me lo esperaba -y sonrió, sonrió como si acabara de recibir el mejor regalo del mundo.

-Disculpe señora, pero ahora sí que me he perdido. No entiendo nada. Y además, ¿dice que su sobrina desapareció? ¿Está segura que es ella? Nunca nos había dicho nada.

-Totalmente segura. Y ahora si no le importa, me gustaría descansar un rato. Muchas gracias por el agua y por la conversación, Kate. Es usted un ángel. Cuídese, chiquilla, cuídese. Y cuídeme a... Adriana.

Y con la expresión de una persona que por fin ha alcanzado la paz que tanto merecía, Carla se acomodó en su asiento y sonrío. No podía dejar de hacerlo.

Capítulo 21

Aún con el alma en vilo sin saber si su tía Carla la había reconocido, Adriana decidió en última instancia pedirle al taxista que la dejara en el centro de La Valeta. Encerrarse sola en su apartamento no le iba a hacer ningún bien y necesitaba ver a alguien con quien hablar... aunque no dijera todo aquello que quería confesar.

Recordó que esa misma mañana Ibrahim la había invitado a tomar café en su casa y la risa que a ella se le había escapado al hablarle del alzheimer prematuro. Tan solo unos minutos antes le había contado que tenía que volar a España, pero así era Ibrahim de despistado.

Bajó por la empinada calle que conducía hasta el bloque de pisos color ocre dejando de fondo la estampa del mar Mediterráneo rompiendo contra el Fuerte de San Telmo, actual sede de la Academia de la Policía de Malta y que en alguna que otra ocasión había servido como escenario para películas de cine como El expreso de medianoche.

No recordaba el piso en el que vivía Ibrahim, a decir verdad, juraría que nunca se lo había dicho, así que tras llamarle y comprobar que (una vez más) su teléfono móvil estaba apagado, decidió sentarse en los peldaños adyacentes y esperar a que algún vecino saliera para preguntarle. Iba a ser una gran sorpresa.

Se entretuvo mirando en la galería de su móvil las fotos de la fiesta de la noche anterior y de nuevo una punzada de culpabilidad volvió a su estómago. Con la aventura que había vivido en el avión, ya había olvidado todo lo ocurrido y, aunque no se sentía bien, decidió no contarle nada a Ibrahim. Había sido una tontería que no volvería a repetir y no merecía la pena echarlo todo a perder por aquello.

Solo pasaron un par de minutos cuando la puerta se abrió y salió una mujer de unos 7 u 8 años más que ella, menudita, bajita y delgada pero con una expresión bastante simpática a pesar del largo flequillo recto que llegaba incluso a taparle parte de los ojos. Su cabello, negro como el tizón, combinaba a la perfección con sus ojos oscuros. No era guapa, pero tenía una belleza racial especial.

Adriana se levantó y sacudió su ropa unos segundos antes de acercarse a ella, que miraba hacia dentro del portal como esperando a alguien.

-Vamos pesado, ¡deja de hacer tonterías y sal ya! -una dulce sonrisa adornaba su rostro.

-¡Hola! -Adriana decidió acercarse a aquella desconocida con su mejor sonrisa- Perdona, estoy buscando a alguien que vive aquí, pero no sé exactamente en qué piso, he pensado que quizás podrías ayu... ¡Vaya, Ibrahim! ¡Qué casualidad! Justo le estaba preguntando por ti a tu vecina.

Ibrahim era el hombre al que la chica morena de pelo largo y mirada intensa estaba esperando en el portal. Pero parecía que él no se había alegrado tanto de ver a Adriana como ella hubiera esperado. Alina volvió a hablar.

-¿Su vecina? Eso quisiera él para librarse de mí, pero creo que ya es muy tarde -le tendió la mano entre risas y se acercó a Adriana para darle dos besos-. Encantada, soy Alina, su mujer. Y tú eres...

Alina. Su mujer. Por tercera vez en menos de 24 horas, el mundo de Adriana se derrumbó. Ahora lo entendía todo. Los días completos con el teléfono apagado. Las semanas en las que no le veía. La eterna negativa a llevarla a su casa. La desconfianza. La forma de ocultarla y no querer hacer algo tan simple como ir juntos al cine de la mano. El interés en quedar allí justo hoy que sabía que ella no podía... El caótico puzzle que formaba la relación entre Ibrahim y Adriana, por fin había encontrado la pieza que faltaba: estaba casado. Ella era "la otra".

Podría haber montado una escenita, podría haberse vengado y confesar todo allí. Podría haberle gritado a aquella chica que ahora le parecía menos simpática el tipo de hombre que tenía a su lado. Pero en lugar de eso, decidió seguir siendo la señora que siempre había sido. Decidió, por una maldita vez, ser más fuerte que todo eso. Se tragó sus lágrimas y su rabia y, con una media sonrisa disfrazada, aceptó los dos besos de aquella pobre desgraciada que no era más que otra víctima en la historia de tres en la que ella nunca habría querido participar.

-Yo soy Adriana, una amiga.

-¡Ah, sí! ¡Adriana! La española, la amiga de mi cuñado Khalid, ¿verdad? He oído hablar mucho de ti.

-¡Sí! Parece que esa soy yo, ¡la española! - *"Manda narices. Y encima habrá tenido la poca vergüenza de hablarle de mí".* No era tan buena actriz como para disimular la risa nerviosa que le estaba entrando.

-Me alegro mucho de conocerte por fin -aquella mujer parecía sincera-. Íbamos a tomar un café, ¿te apuntas?

-No creo que pueda -Ibrahim interrumpió la conversación entre aquellas dos mujeres, nervioso, esperando el momento en que Adriana lo soltara todo-. Me comentó el otro día que hoy tenía que ir pronto a...

-No, en realidad se han cancelado los planes y tengo un rato libre. Os acompaño.

Dicen que la mejor bofetada es la que no se da. Y Adriana lo demostró con creces aquella tarde. Mantuvo la compostura en todo momento, acuchillaba a Ibrahim con la mirada cada vez que Alina se despistaba y conversaba con ella fluidamente. Hubiera sido más fácil si fuera una bruja, pero aquella chica desprendía algo especial. Era buena persona, lo notaba. No tenía culpa de nada y no merecía que nadie viniera a interrumpir su calma y poner patas arriba su vida simplemente porque, por cosas del destino, ella se hubiera bajado del avión aquella tarde y hubiera terminado en una empinada calle de La Valeta. No iba a cargar también con la responsabilidad de destrozarle el corazón a aquella chica.

Además, ser "la otra" no era agradable, ni siquiera para ella que nunca había sabido de su posición. No, definitivamente no quería verse involucrada en esa historia.

El café duró apenas 20 minutos y después de este tiempo prudencial en el que Ibrahim ya había sudado y sufrido bastante, Adriana se retiró con la excusa de estar cansada y querer acostarse pronto. Alina propuso a su marido irse también, no sin antes pedirles un par de segundos para ir a despedirse del camarero, un viejo amigo de la familia.

Cuando se quedaron solos, fue Ibrahim quien rompió el hielo:

-Lo siento muchísimo, Adriana. Lo siento. De veras -sonaba sincero, aunque la chica de los ojos tristes no estaba dispuesta a perdonar la doble vida que le había obligado a llevar-. Te quiero, te juro que te quiero. Pero no sé ser de otra manera.

-No quiero escucharte, Ibrahim. Nunca más.

-No te quedes con esta sensación, nuestra historia no ha sido esto -pero Adriana no contestó-. Gracias por no decirle nada, no sabes cuánto significa para mí lo que has hecho.

-No te equivoques, no lo he hecho por ti. Lo he hecho por ella y por mí. Ninguna de las dos nos merecemos ni un segundo más de sufrimiento. Despídeme de ella -y, mientras le daba dos besos, triunfante sentenció-. Ah, por cierto, yo también lo pasé muy bien anoche.

Y se marchó. Sin hacer ruido. Probablemente sin ser recordada nunca más por aquel hombre que le había hecho tanto daño. Pero eso ya nunca lo sabría. Se marchó como se marchan las mejores cosas de la vida. De repente y sin avisar.

Sabía que si le contaba a cualquier persona la templanza que había tenido para sentarse a tomar un café con los dos con la única intención de darle una lección a aquel cabrón, la acusarían de sangre fría. De no importarle en realidad aquel hombre. Nada más lejos de la realidad: aunque tuvo dudas, en aquel momento comprendió lo mucho que significaba Ibrahim para ella. Aquello le dejó el alma en carne viva, le dolió muchos días, muchas lunas, dejándole heridas para el resto de su vida. Porque todos llevamos una carga con nosotros y a partir de ahora, él sería otra más. Pero necesitaba cerrar la historia de aquella manera. A su manera. Aunque nadie la entendiera.

Capítulo 22

Adriana paseó por La Valeta hasta que la noche se adueñó de las calles. La luna llena regaba cada esquina mientras la ciudad se iba quedando solitaria. La bulliciosa calle Republic estaba ahora desértica y de ella partían los laberínticos callejones que conformaban la capital de la isla. Con los ojos más tristes que nunca, Adriana se adentró en ellos sin importarle el rumbo: en realidad era consciente de que se estaba perdiendo por aquella ciudad a la que solo había ido un par de veces, pero a fin de cuentas... ¿no estaba ya demasiado perdida en la vida como para que le importase?

Caminó hasta llegar a uno de los muros de la ciudad fortificada y se sentó en ellos para observar la quietud con la que anochece en un lugar como Malta. Aspiró el aroma de la sal del Mediterráneo y rompió a llorar. Su pasado y su presente se conjugaban ante sus ojos mientras se lamentaba por tener que atesorar en su vida una desgracia tras otra. ¿Por qué la felicidad, algo que parecía tan mundano y barato en el resto de la gente, era algo que a ella se le había negado?

Recordó toda su historia con Ibrahim y curiosamente, no sintió rabia. Su corazón se estremeció de pena, mucha pena por lo gris que debe tener una persona el alma para engañar de esa manera a Dios sabe cuantas mujeres. Porque estaba segura que ella no había sido la única. No se trataba de una mentira piadosa, ni siquiera de una noche como la suya con Paolo, de la que es mejor aprender la lección y no volver a cometer el mismo error. Ibrahim llevaba una doble vida y había convertido a todos los actores implicados en el juego en víctimas de su engaño. Incluido él.

Con la vista elevada al cielo, rezó y se excusó en silencio. Deseaba que el karma nunca le pasara factura por haber sido "la otra" tanto tiempo. No merecía un castigo por algo que ni siquiera sabía que estaba cometiendo.

Se concentró en odiar a Ibrahim y pedir que su destino sí jugara sus cartas y le pusiera contra la pared en algún momento de su vida, que él también pudiera sentir aquel fuego que ahora la consumía a ella, que se despellejara por dentro y no encontrara paz ni en el último suspiro de su vida. Se concentró en desearle tantas cosas, que se dio cuenta que no podía hacerlo: ni siquiera después de lo que le había hecho, a pesar de todo el dolor que sentía, no era capaz de desearle de verdad nada malo.

Porque no puedes odiar a alguien a quien has amado. *"Que seas feliz Ibrahim, pero que algún día me eches de menos, solo te deseo eso"*.

La madrugada se le vino encima con demasiada rapidez y decidió que ya era momento de volver a casa. Quiso llamar por teléfono a la compañía de taxis pero la mala suerte hizo que se hubiera quedado sin batería en algún momento de la noche. Dudaba si el autobús continuaría circulando a esa hora, así que decidió lanzarse a la aventura de tomar un taxi "pirata". En Malta, los taxis piratas conviven con los oficiales a pesar de su clandestinidad. Suelen diferenciarse por el color y en ocasiones por el tamaño de los vehículos (la mayoría son furgonetas) que se permiten bajar el precio del viaje a costa de llevar hacinados a cuantos más pasajeros mejor. Aunque fueran la opción más económica, daban mucho miedo.

Tuvo suerte de encontrar una de estas furgonetas tras caminar apenas 100 metros. El chofer se negó en primera instancia a llevarla, no le merecía la pena ir hasta Pembroke para llevar solo un pasajero, pero aquella noche Adriana tenía un aspecto tan desvalido que incluso el duro corazón maltés de aquel hombre se ablandó ante esa chica extranjera que bien podría haber sido su hija. Quién sabe por qué había llegado hasta allí.

Quizás en busca de una oportunidad laboral o quizás fue alguna de aquellas chicas que llegó para estudiar inglés, se quedó tras encontrar el amor y unos meses después, ni había aprendido inglés, ni tenía amor. Cuantas veces había escuchado esa misma historia en su taxi...

Aunque le podía la curiosidad por preguntarle su historia, prefirió guardar silencio todo el viaje. Al llegar al 405 de Alamein Road, Adriana pagó religiosamente hasta el último céntimo que le pidió aquel amable hombre y le dejó algunos euros más de propina.

Arrastró sus pies hasta el interior de su apartamento y se acostó vestida, ni siquiera tenía fuerzas para ponerse el pijama. Puso el móvil a cargar y al encenderlo encontró una cantidad abrumadora de mensajes. La mayoría de ellos eran llamadas de hacía pocos minutos: tres de Alexandra, una de Kate... y cinco de Paolo. Consultó el reloj y calculó que haría apenas media hora que el último vuelo del planning de hoy habría aterrizado de nuevo en Malta. Sus compañeros ya estaban de regreso y como era normal seguían preocupados por ella.

Decidió apagar de nuevo el teléfono. ¿Cómo podría explicar todo lo que le había ocurrido ese día? En apenas 24 horas, había besado a Paolo, había mirado cara a cara a su pasado al volverse a encontrar con su tía Carla y se había roto en mil pedazos al enterarse que en realidad era la querida de un hombre que ya pertenecía a otra mujer que no era ella.

Pero los dedos de Paolo fueron más rápidos. Cuando le llegó el aviso de disponibilidad de la línea móvil de su amiga, no lo dudó dos veces y marcó la rellamada. Adriana maldijo en silencio por no haberlo apagado antes cuando comenzó a sonar y vio el nombre de Paolo en la pantalla. Pero ni siquiera él era capaz de animarla ahora.

Decidió contestar a la tercera llamada:

-Maldita sea, ¿por qué no lo has cogido antes?

-Estoy bien, no te preocupes.

-Claro que me preocupo. ¿Qué te ha pasado? ¿Qué te ha dicho el médico?

-Estoy bien -volvió a repetir sin demasiado convencimiento.

-No me trates como a un tonto, no estás bien. Y estoy segura que ese ataque de ansiedad que te ha dado era más que eso. ¿Me lo vas a contar o me tengo que presentar en tu casa a esta hora?

-Ya te he dicho que estoy bien, Paolo. No tengo ganas de hablar.

-¿Dónde has estado esta tarde?

Y de nuevo, Adriana rompió a llorar. Evidentemente, esta respuesta preocupó aún más al italiano, que sin vacilar un momento contestó:

-Espérame despierta. En 15 minutos estoy en tu casa.

Y puntual como un reloj suizo, en apenas un cuarto de hora sonó el timbre de la puerta de Adriana. La chica de los ojos tristes lo último que quería era ver a Paolo, o mejor dicho, que Paolo la viera en ese estado, pero dejarle como un perro en la puerta no le parecía lo más justo. Él no tenía culpa de nada.

-Pasa -le pidió ella mientras se cruzaba la bata y se trataba de colocar el pelo de alguna manera que no le hiciera parecer una loca.

-Estoy preocupado por ti -le dio un abrazo de esos capaces de recomponerte el alma. Pero no fue suficiente, al menos no durante más de 2 segundos-. Quiero que me cuentes qué pasa.

-Estoy bien, el doctor me ha dicho que era solo un ataque de ansiedad, me ha dado un par de calmantes y ya no me ha vuelto a pasar en toda la tarde. Es algo que le puede pasar a cualquiera.

-Tu cara no dice lo mismo. Adriana, ¿por qué has reaccionado así al ver a esa mujer? Me ha contado algo Alexandra, ella también se ha quedado muy preocupada.

-Mañana la llamaré.

-Ya le he mandado yo un mensaje para decirle que venía a verte y que se quede más tranquila. Confía en mí, por favor.

-No puedo Paolo, te aseguro que no puedo. Ni quiero. Hay cosas de mi vida que nunca contaré, si por eso crees que soy mala amiga adelante, pero no puedo abrir mi alma en canal de esa manera. Tengo secretos, como todo el mundo, pero los míos son de esos que no se pueden contar. Y... no estoy tratando de hacerme la víctima, ni exagerar. No quiero tu compasión ni la de nadie. Así que por favor, dejad ya de escarbar. Quedaos con la Adriana que conocéis y se acabó.

-Tienes razón, si no quieres no insistiré, pero si quieres contarme algo ya sabes que puedes contar conmigo, ¿vale? -hizo una pausa al ver que la expresión perdida de Adriana continuaba inalterable y añadió-: ¿Has podido hablar con Ibrahim? ¿Le has contado a él lo sucedido?

Y de pronto, como quien despierta de su letargo, Adriana levantó la vista, recrudeció aún más su expresión y sentenció:

-Le he visto, sí. Pero no sabe nada ni lo va a saber. No quiero que vuelva a saber nada de mí nunca más.

-¿Qué ha pasado? ¿Habéis discutido?

-Lo hemos dejado.

Paolo se quedó estupefacto. No esperaba para nada esa respuesta y pudo ver en los ojos de Adriana que no era una pelea de enamorados.

Esta vez no tuvo que insistir mucho para que le contara toda la historia. Al terminar de escucharla, la rabia se apoderó de él.

-¿Cómo has permitido que se fuera de rositas? -su furia crecía cada vez más, atónito ante la reacción que había tenido Adriana.

-Créeme que no se ha ido de rositas. Creo en el karma, algún día pagará por todo esto y mi actitud hoy le hará darse cuenta de lo que ha perdido. La mejor bofetada es la que no se da, Paolo

-¡Y un cuerno! Que no me lo cruce, Adriana, que no me lo cruce… porque te juro que le digo todo lo que tú no le has dicho.

-Déjalo pasar, Paolo, por favor. No quiero numeritos, no quiero espectáculos. Solo quiero continuar con mi vida. Y esa es mi forma de hacerlo. No me gusta cerrar historias dando portazos, no me quedo bien conmigo misma. Prefiero pecar de ingenua y que sea la vida la que se encargue de sentenciar, yo no soy nadie.

-¿Cómo puedes decir que no eres nadie? No entiendo tu sangre fría, parece que no te importara -e inmediatamente, vio en los ojos de la chica que le importaba muchísimo más de lo que se podía ver desde fuera. Le importaba tanto como para haberse despedido de él dándole dos besos y deseándole feliz vida-. Perdona, supongo que no todos reaccionamos igual ante estas cosas.

Pero es que no puedo evitar encenderme. Menudo cabrón.

-Un cabrón... o un inconsciente que no sabe realmente lo que hace. Te prometo que quiero pensar que es lo segundo.

-Y encima todavía le defenderás. Maldito amor.

-En eso sí estamos de acuerdo... Maldito amor...

No hicieron falta más palabras, aunque ambos se quedaron con la duda de si aquellas dos últimas que habían pronunciado seguían hablando de la historia de Ibrahim o de ellos mismos.

Se miraron mutuamente y aquella mirada sincera fue suficiente para que Adriana sonriera por primera vez en aquel día. Con él se sentía protegida, a salvo, aunque sabía que ahí fuera aún le esperaban un millón de cicatrices de las que recomponerse. Sin embargo, ninguno de los dos sintió deseo de volver a besarse como la noche anterior. Su amor era tan puro, tan sincero, que ni siquiera les hacía falta la piel. Quizás lo que ocurrió en la fiesta fue una simple confusión de sentimientos o una respuesta fisiológica a una situación que se había estado cocinando desde la primera vez que se vieron, pero en aquel momento no necesitaban más que esa bonita sensación de haber encontrado a una persona con la que hablar de cualquier cosa sin sentirse incómodo.

Si con el tiempo la relación se iba a quedar en algo fraternal o si avanzaría hacia otros derroteros, era algo que solo podía saber el destino, pero de cualquier modo ya habían ganado los dos. Sobre todo Adriana, tan sola en este mundo, tan indiferente a la vista de extraños con los que no tenía ningún nexo en común. Paolo era lo mejor que le había pasado en mucho tiempo.

Con la telepatía que solo tienen las almas gemelas, Paolo adivinó que todo lo que necesitaba Adriana en ese momento era un abrazo. Y la abrazó con todas sus ganas, sintiéndose en ese momento el hombre más afortunado y completo del mundo. Deseó con todas sus fuerzas guardar ese instante en su memoria para siempre.

Después de varias horas charlando sobre vida, sentimientos y esperanzas, la madrugada comenzó a coquetear con el amanecer, que ya miraba desafiante en el horizonte. El joven decidió que ya era momento de volver a su casa.

Adriana bajó con él las escaleras y le acompañó hasta la puerta, agradeciéndole el haber pasado la noche en vela solo por estar con ella, pero dejándole una última petición:

-Paolo, aun así, lo que pasó en la fiesta... -no encontraba las palabras adecuadas- No quiero que pienses que al no estar ya con Ibrahim lo nuestro va a ser diferente. Creo que es mejor que sigamos como hasta ahora.

-Lo entiendo. Tranquila, yo también pienso que es mejor así.

Y aunque a ambos les doliera reconocerlo, en el fondo no estaban diciendo ninguna mentira. Comenzaban a tenerse demasiado cariño como para estropearlo con cualquier asunto del corazón. Algún día se alegrarían por ello. Aunque no ahora. Paolo se despidió con un beso en la frente y Adriana se quedó en la puerta, meditabunda, viendo alejarse al que probablemente era el mejor hombre sobre la faz de la tierra.

Capítulo 23

A la mañana siguiente, el teléfono de Adriana no paraba de sonar. Sus compañeros del aeropuerto querían saber cómo se encontraba después del numerito que había montado la tarde anterior y, aunque no lo decían con estas palabras, ella comenzó a sentirse totalmente avergonzada. Sabía que en el aeropuerto, una mini ciudad para sus trabajadores, no hablarían de otra cosa durante días o incluso semanas.

Luqa era un aeropuerto bastante pequeño y no pasaban cosas interesantes con demasiada frecuencia. Algún pasajero con un ataque de pánico mientras hace cola en la puerta de embarque, algún maleducado que no puede volar por no llevar en regla su documentación y hace pasar un mal rato a los chicos de facturación o, de vez en cuando, el rumor de algún romance entre empleados. Y si además pertenecen a diferentes compañías o departamentos, más juego da. Adriana agradeció que su desliz con Paolo hubiera quedado entre ellos dos y Kate, ser la protagonista de dos escándalos el mismo fin de semana no habría sido muy beneficioso para su ya de por sí cuestionable reputación.

Respondió educadamente las llamadas y los mensajes que pudo y continuó con su objetivo de permanecer en la cama durante todo el día. Hoy no tenía que volar, el parte médico le serviría para un par de días de baja. Los necesitaba. Volvió a taparse hasta la cabeza con la sábana y se olvidó de nuevo del mundo.

Al recibir un mensaje de Adriana diciendo que se encontraba bien, Kate se alegró por su compañera. No era tan mala persona como para desearle que le ocurriera algo malo, sin embargo, no podía dejar de pensar en la conversación que tuvo con aquella pasajera del vuelo a PMI de la tarde anterior.

Probablemente se trataría de una señora de mediana edad con principios de demencia senil, pero aun así no podría dejar de darle vueltas al tema. ¿Una sobrina desaparecida? Lo cierto es que Adriana era bastante taciturna y nunca quería hablar de cómo era su vida en España, jamás contaba ninguna anécdota de sus padres ni hacía algún comentario sobre sus amigos. Era como si todo su pasado se hubiera esfumado al poner el primer pie en Malta y solo tuviera recuerdos de aquella etapa.

Sabía que no iba a querer salir de casa ni aceptaría una invitación para comer en la suya, así que decidió escabullirse ahora que Alexandra había ido al supermercado a comprar algunas cosas que les hacían falta. Kate aprovechó la ocasión para ir hasta Pembroke a visitar a Adriana. Si llegaba por sorpresa no podría negarse a recibirla.

Tal y como había previsto, su amiga tardó bastante en abrir. Tras la puerta apareció una Adriana demacrada, con el pelo revuelto de estar durmiendo pero ojeras como si hubiera estado toda la noche sin pegar ojo.

-¡Adri, cariño! ¿No me habías dicho que estabas bien?

-Sí, lo estoy, tranquila -contestó una Adriana algo aturdida-. Me has pillado durmiendo.

-Esos calmantes debían ser muy fuertes.

-Bueno, no he dormido bien hoy, así que supongo que se me ha juntado todo.

-¿Te molesto? ¿Prefieres que me pase luego?

-La verdad es que no tengo muchas ganas de hablar, pero ya que estás aquí... pasa.

Kate subió tras Adriana que entró en la cocina para preparar un poco de café. La irlandesa le pidió que se sentara y tomó ella las riendas de la cafetera.

-Necesitas que te cuiden -le dijo con su mejor sonrisa allanando el terreno de lo que vendría después-. Adriana, tengo que hablar contigo. Estoy muy preocupada con algo que pasó ayer en el avión.

-Lo sé, mi ansiedad. Lo siento, nunca me había pasado. No sé qué me pudo ocurrir. Pero estoy bien, de verdad. El médico me ha dicho que todo está bien y probablemente solo sea estrés.

-No es estrés y lo sabes. No me engañes, soy tu amiga. Confía en mí, por favor, sea lo que sea puedes confiar en mí.

-Te lo agradezco -y agradecía de verdad el gesto de su compañera, pero comenzaba a sentirse incómoda con tantas atenciones-, pero es solo eso. Bueno, también he tenido un problema con Ibrahim, pero eso es otro tema.

-De esos días en los que todo se tuerce, ¿no? -hizo una pausa y retomó el tema. No eran sus amores lo que le interesaba ahora- No me refiero a la ansiedad, gracias a Dios sé que eso ha quedado en un susto. Me gustaría hablar contigo de esa mujer que te llamó antes de que bajaras.

-No sé de quién me hablas. ¿Me llamó alguien? No me di cuenta, estaba demasiado aturdida.

Adriana suspiró, cansada de aquel juego. Pero su suspiro se quedó a medias cuando escuchó las siguientes palabras de Kate:

-Estuve hablando con ella y me dijo que te conocía en España.

-¿Cómo? -abrió sus ojos, ahora inyectados en miedo. Kate sonrió para sus adentros. Esa era la reacción que necesitaba para confirmar que aquella señora no era una vieja loca.

-Nada, solo me dijo eso. Fue un comentario de pasada mientras le revisaba el cinturón de seguridad, pero me pareció bien decírtelo. Supongo que te habría hecho ilusión poder saludarla, hace mucho tiempo que no ves a nadie de España.

La información es poder y Kate prefirió guardarse sus cartas bajo la manga hasta llegar al fondo del asunto. Siempre se le dieron bien aquellas cosas, en el instituto la llamaban "la Rastreadora" porque siempre era capaz de averiguar cualquier detalle que los demás querían saber de sus compañeros, por oscuro y sucio que fuera. Cambió de tercio rápidamente:

-¿Qué te ha pasado con Ibrahim?

-¿Puedo confiar en ti?

-¡Por supuesto!

Resumió brevemente el encuentro fortuito con la pareja de Ibrahim, sin mencionar su estado civil ni la sangre fría que había tenido para soportar un café con aquellos dos individuos. Pero le aclaró que no estaba dispuesta a ser el segundo plato de nadie y que su historia estaba más que terminada.

Kate se puso el disfraz de amiga ejemplar y trató de consolarla lo mejor que pudo. Primero la compadeció, luego preguntó a quién había que matar y propuso darle un escarmiento a Ibrahim. Al igual que hizo con Paolo, le rogó que lo dejara pasar. No tenía ganas ni fuerzas para remover la historia y quería olvidarse cuanto antes de él.

Dieron buena cuenta del café y cuando lo terminaron, Kate se ofreció a fregar los vasos y regresar a su casa. Alexandra ya habría llegado y tenían que comer algo antes de partir para el aeropuerto.

-¡Cuídate! ¿Cuándo nos vemos?

-Pasado mañana ya volveré al trabajo. Necesito estos dos días que me ha dado al médico para recomponerme un poco.

-Claro que sí, no te preocupes por nada. Nos apañaremos.

-Espera, te acompaño hasta la Recepción. Tengo que hablar con alguien.

Quizás Adriana no le había pedido explicaciones a Ibrahim, pero no pudo evitar poner al corriente a Khalid de su situación. No le culpaba, era su hermano y los hermanos siempre se cubren todo, aunque eso implique llevarse por delante a otra persona. Pero necesitaba aclarar algo y solo él podría ayudarla.

Khalid se encontraba de espaldas al mostrador de Recepción cuando llegó Adriana. Estaba demasiado concentrado ordenando unos papeles y sacando los cuadrantes de las actividades para la próxima semana, entre las que se incluía una Boat Party en Sliema. A través de las cristaleras de las puertas que daban acceso a la piscina, pudo ver al grupo de chicos con los que había compartido la excursión en la que conoció a Ibrahim. Natalia también la vio y la saludó efusivamente desde dentro de la piscina, justo antes de que Jaime y Marcos le hicieran una ahogadilla.

Cuando Khalid se giró y vio a la chica española del 405, no pudo evitar agachar las orejas y bajar la mirada. Él no era así, él no tenía nada que ver con su hermano. Pero no podía evitar sentirse culpable por haber contribuido a tapar el engaño y hacerle daño.

Su primer impulso fue pedirle disculpas. Ibrahim ya le había contado lo ocurrido la tarde anterior y temía que ese momento iba a llegar, aunque no esperaba que fuera tan pronto. Se sorprendió y se sintió aún peor al ver la actitud de Adriana: esa aparente tranquilidad solo podía significar que su interior se había derruido como un castillo de naipes.

-Khalid, necesito que seas sincero conmigo.

-Lo intentaré.

-Aparte de mí, ¿Ibrahim tenía a alguien más?

-No me pongas en ese compromiso...

-Por favor, quiero saber si solo jugaba conmigo.

-No, no eras la única. Hay una chica siciliana, a la que va a ver un par de veces al año, además de las chicas de Malta con las que sale por la noche. Adriana, lo siento, de veras. Siento tener que ser yo quien te diga esto.

-Te va a sonar raro, pero me siento mejor así. No quería ser yo la única culpable de haberme metido en esa pareja.

-La culpa nunca es del tercero, Adriana. Nadie entra sin ser invitado. Y además tú no lo sabías. Hoy he hablado con él... Me ha contado lo ocurrido y está muy arrepentido. Dice que eres la primera que ha conseguido revolverle de verdad por dentro y se ha dado cuenta que tardará en olvidarte. Es mi hermano, pero... si intenta llamarte, si intenta convencerte de que va a cambiar, no caigas. No cometas otra vez el mismo error. Como te digo, es mi hermano, pero por eso sé mejor que nadie que no merece la pena. Aléjate de él ahora que aún estas a tiempo... espero.

-Lo estoy, lo estoy. Gracias Khalid.

Se marchó a casa y volvió a sumergirse bajo las sábanas. Aún sin ganas de nada, pero al menos no tendría que cargar con el duro peso de la culpa.

Por su parte, Kate no sabía qué era eso de sentirse culpable por ser mala persona. Camino a casa fue pensando cómo podía tirar del hilo, por dónde empezar. Es cierto que no sabía nada acerca de la vida anterior de Adriana. Solo sabía que vivía en Madrid y el nombre de la Escuela de TCP donde había estudiado. Fin. Quizás por ahí podía tratar de averiguar algo.

Localizar el teléfono de la Escuela no le resultó nada difícil. Ahora tenía que inventar una coartada creíble. Por suerte, la imaginación siempre había sido su fuerte. Se presentó como Kate, responsable del Departamento de Recursos Humanos de la aerolínea. Estaban cerrando la ficha de las últimas incorporaciones al equipo de tripulantes de cabina de la compañía y no encontraban la carta de recomendación de Adriana. La secretaria que atendió la llamada, muy amablemente le pidió un correo electrónico para remitírselo a la mayor brevedad. Ahora que había funcionado, era el momento de tratar de sacar más información.

-¿Podría por favor enviarme también la documentación acreditativa de haber superado con éxito el curso? Debo tenerlo por aquí, pero si me ahorra pasar horas buscando en esta leonera se lo agradecería de corazón -sacó sus mejores armas y a la chica del teléfono pareció caerle en gracia, porque aceptó sin ningún problema.

En aquellos documentos encontraría alguna pista más por donde seguir tirando. Por suerte, la amable recepcionista tardó apenas un par de horas en enviarle un puñado de documentos que le podían ser de mucha ayuda. Su coartada se sustentó fácilmente al utilizar su correo personal del servidor de la aerolínea, por lo que no sospechó que la llamada realmente no procedía del Departamento de Recursos Humanos.

A primera vista, no parecía que nada le pudiera servir: su nombre completo, DNI, fecha de nacimiento, una dirección de contacto en Madrid y una fotografía de carnet, junto con sus notas. Modélicas, por cierto.

Hizo una búsqueda rápida en Google con los datos obtenidos pero no encontró nada. Estaba limpia, lo cual ya era raro de más. Que no haya ningún resultado de búsqueda sobre ti en plena era digital ya era sospechoso.

Probó a continuación con búsquedas más genéricas. Personas desaparecidas en España en los últimos años. Vio decenas de fotografías pero ninguna era Adriana. Trató de rebuscar en sus recuerdos si en algún momento había dejado alguna miguita de pan, algo sobre su pasado que ahora le pudiera servir. Nada. Tanto recelo con tu propia intimidad era otro factor inequívoco de culpabilidad.

Recordó entonces a Paul, un viejo amigo policía que le debía un par de favores y decidió telefonearle. Tras los saludos de rigor, decidió ir directa al grano:

-Necesito que me des información sobre una persona. ¿Te doy su DNI y me dices si encuentras algo raro sobre ella?

-¿Me vas a meter en un lio?

-Te puedo invitar a un café como agradeciendo y luego ya vemos si te meto en un lio o no -la clásica estrategia del coqueteo nunca fallaba.

-Siempre sabes cómo convencerme. Te llamo ahora.

Diez minutos después, Paul le devolvió la llamada.

-Nada raro. No tiene antecedentes ni ningún episodio que destacar. Parece una persona normal.

-¿Nada? ¿No ha pisado nunca una comisaría?

-Nunca. Bueno sí, para renovarse el DNI, como todos -solo él rio su propio chiste malo. Kate comenzaba a ponerse nerviosa-. Y una vez más para denunciar que lo había perdido, aunque por cierto no lo hizo en su comisaría habitual, parece que le cogió de viaje porque la denuncia está presentada en un lugar llamado Motril. Pero aparte de eso, nada más. Siento no poder ayudarte.

-¿Perdió el DNI? ¿Me puedes decir en qué fecha? ▢el nombre de Motril le sonaba vagamente familiar, quizás Adriana lo hubiera mencionado sin querer en alguna ocasión.

-Puso la denuncia el 10 de octubre de 2006.

-Gracias, Paul. Te debo un café.

-Te lo recordaré.

Volvió a su ordenador y buscó noticias de Motril del año 2006. Nerviosa porque sentía que estaba cada vez más cerca y no quería irse a trabajar dejando su investigación a medias, el buscador no tardó en devolverle varios miles de resultados de búsqueda.

No tuvo que esforzarse mucho: abrió el primer enlace y ahí estaba ella. Con otro color de pelo y otra expresión en el rostro, pero no tenía duda que la chica de la foto era Adriana. Y el titular que acompañaba a la noticia era sencillamente escalofriante.

Capítulo 24

No podía creer lo que sus ojos veían, aquello era mucho más de lo que nunca podría haber imaginado. Con las manos temblorosas y la boca seca, se levantó para cerrar la puerta y evitar que Alexandra pudiera verlo. Necesitó unos segundos para asimilar aquella noticia a la que acompañaba la foto de Adriana:

"DESAPARECE LA ASESINA DE ALEJANDRO MARTÍNEZ.

Fuentes policiales han pedido a la población motrileña máxima atención y colaboración ante la fuga de la mujer de Alejandro Martínez, asesina confesa del empresario. Alejandro, quien era propietario de dos restaurantes de la comarca, murió la pasada semana a manos de Andrea Delgado, con quien llevaba varios años casado y ya planeaban ser padres, según han declarado a este medio familiares de la víctima.

Fue la propia mujer quien llamó a la policía la noche del terrible suceso, personándose hasta cuatro agentes en la escena del crimen. A pesar de que no opuso resistencia en el momento de su detención, en una de las visitas de su abogado a la cárcel de Albolote, donde cumplía prisión preventiva a la espera del juicio, Andrea Delgado logró escapar.

Se dirigió a Motril, a casa de sus padres para recoger algunas pertenencias y posteriormente fue vista en las fiestas patronales de Salobreña. Testigos oculares afirman que vestía ropa normal y se encontraba bien aseada, pero se movía nerviosa entre la muchedumbre, como si estuviera buscando algo o a alguien.

El rastro se le pierde a las 5 de la tarde tras verla discutir fuertemente con un hombre de mediana edad que ya ha prestado declaración y por el momento ha sido puesto en libertad.

La Policía investiga ahora si la última persona que estuvo con ella ha podido tener algo que ver con su desaparición por una cuestión de venganza o si Andrea Delgado se ha fugado por voluntad propia.

En cualquier caso, se recomienda a la población extremar las precauciones ante la posibilidad de tener un asesino suelto por la ciudad y ponerse en contacto inmediatamente con la Policía si creen verla o tener alguna pista que pueda desvelar su paradero."

Kate no salía de su asombro. Leyó la noticia hasta en dos ocasiones sin creer que la tal Andrea Delgado, aquella chica que había asesinado a su propio marido, era en realidad su compañera Adriana, la dulce y buena de Adriana.

Las piezas del puzzle comenzaron a encajar. Ahora entendió por qué nunca quiso contar nada de su pasado y por qué se ponía tan nerviosa cada vez que tenía que volar a España. Era una maldita asesina.

Siguió buscando más información sobre el caso y encontró un puñado más de noticias en medios locales, incluso alguna que otra en medios nacionales. Algunos periodistas achacaban el móvil del crimen a una cuestión económica: las empresas de Alejandro Martínez estaban dando buenos frutos y al estar casados en régimen de bienes gananciales sin hijos, ella sería la única heredera de todo el imperio. Otros, lo relacionaban con un crimen pasional, un arrebato de celos que había terminado de una manera trágica. Se topó con una noticia que hablaba de malos tratos del fallecido hacia su asesina, pero no pudo leer el artículo completo ya que había sido eliminado ante la avalancha de comentarios negativos que había recibido por parte de los lectores.

Abrió otra noticia donde se auguraba un final tráfico para Andrea Delgado.

"ANDREA DELGADO, LA CONOCIDA "ASESINA DEL PÁLIDO", PODRÍA HABER FALLECIDO EN EL MEDITERRÁNEO.

Cuando se cumplen 10 días de la muerte de Alejandro Martínez, el querido hostelero de la Costa Tropical que perdía la vida a manos de su mujer, nuevos datos podrían arrojar un poco de luz al asunto. Andrea Delgado, autora del crimen y en busca y captura tras haberse dado a la fuga de la cárcel de Albolote, podría haber fallecido en el Mar Mediterráneo cuando trataba de cruzar a costas africanas como parte de su plan de huida. A pesar de no haberse encontrado ningún cadáver, la hipótesis ha cobrado fuerza al haberse localizado a la deriva ropa de la chica y una pequeña embarcación que había alquilado.

El propietario de dicha embarcación, que responde a las siglas de J.S.P, ha reconocido a Andrea Delgado en las fotografías que la Policía le ha mostrado. Visiblemente afectado, ha asegurado no estar al tanto de quién era aquella chica que insistió en pagarle en efectivo y parecía tener mucha prisa por adentrarse en el mar, según declaraciones del propio testigo.

Andrea Delgado escapó de la prisión de Albolote hacía tres días y fue vista en Motril y en Salobreña el mismo día de su desaparición. La Asesina del Pálido, conocida así por haber asesinado a su marido con una dosis letal de medicamentos camuflados en una copa de Ron Pálido motrileño, podría haber estado oculta durante estas 72 horas en casa de algún amigo o familiar.

La tranquila ciudad de Motril vive entre la consternación y el miedo, a la espera de nuevas noticias que pongan fin a uno de los episodios más negros de su historia."

Al fin, Kate llegó a una serie de noticias en las que la Policía daba por muerta a la joven, alegando que a la distancia a la que fue encontrada la embarcación y tomando como consideración el débil estado de salud que había mostrado durante su estancia en Albolote, era teóricamente imposible que hubiera podido sobrevivir. Sus familiares incluso le brindaron un íntimo funeral sin el cuerpo de la víctima, un acto mucho menos concurrido que el realizado en honor a Alejandro unos pocos días atrás, en el que no cabía ni un alfiler y que mantuvo a media asta las banderas del Ayuntamiento durante 3 días. Solo una escasa decena de parientes muy allegados y un par de amigas de toda la vida quisieron darle el último adiós a la joven.

Como suele ocurrir con la mayoría de las noticias, pronto la ciudad olvidó el dramático incidente y nunca más se volvió a hablar de la despiadada Andrea ni del bueno de Alejandro. Dejaron de ocupar las primeras páginas de los periódicos impresos de la localidad y ni siquiera los medios digitales les volvieron a dar protagonismo.

Kate no logró encontrar ninguna noticia más acerca del terrible suceso, por lo que comprendió que ahí acababa la historia. La habían dado por muerta, pero la muy zorra había conseguido escapar. Y ahora estaba allí. En Malta, con otra identidad y otra vida, engañando una vez más a todos los que la rodeaban.

Se debatía entre la rabia y el miedo, quién sabe qué barbaridad podría hacerle también a ella si se enteraba que la había descubierto. Pero no podía guardarse un secreto así. Tenía que llamar a la Embajada Española y dar parte de que una asesina se estaba escondiendo en la isla. Pero antes, tenía que contárselo a Paolo. Corría un grave peligro si seguía viéndose con ella.

Capítulo 25

La tripulación volvía a prepararse para el embarque que estaba a punto de comenzar. Por fin era el último vuelo de la jornada y de regreso a Malta, Kate deambulaba nerviosa de un lado a otro del avión, sin poder ni siquiera mirar a los ojos a Paolo consciente de la noticia que le iba a dar. Si Adriana (¿o debería empezar ya a llamarla Andrea?) le gustaba lo más mínimo, cuando conociera su verdadera personalidad la repudiaría igual que ya había hecho ella. ¿Cómo podía haber sido capaz de cometer tal atrocidad y empezar de cero sin importarle nada? No, Adriana, un pasaporte nuevo y un corte de pelo no borran tus errores.

Por suerte para ella, logró esquivar las incesantes preguntas de una Alexandra que cada día la notaba más rara. Últimamente, sentía que ya no conocía a su compañera: estaba esquiva, ausente todo el día y ya no tenía esa vitalidad que antes la caracterizaba. Alexandra creía que quizás su amiga estaba comenzando una relación con alguien. No pasó por alto el detalle de que ni siquiera comió a mediodía para encerrarse en el ordenador y cuando salió de la habitación tenía cara de haber visto un fantasma. Estaba preocupada por ella, pero no quiso insistir mucho, sabía que cuando se encerraba en su mundo no había manera de destruir ese muro invisible.

Alexandra había conseguido hablar por teléfono con Adriana mientras iba en el taxi camino al aeropuerto. Le ofreció una sesión de cine al día siguiente, pero la rechazó amablemente alegando que si estaba de baja no era conveniente dejarse ver por ahí. El plan B fue un par de partidas de póker en el apartamento de Adriana a lo que vagamente aceptó. Alexandra no sabía si lo había hecho por no hacerle el feo o si realmente le apetecía el plan, pero en cualquier caso sabía que su compañía le iba a hacer mucho bien. Había tenido ocasión de hablar con Paolo y le había contado algo sobre Ibrahim, pero sin entrar en detalles. Otro motivo más para utilizar una partida de cartas como excusa para pasar un rato a solas con Adriana. Estaba segura que aquella indefensa chica necesitaba la compañía de una buena amiga, máxime si además sufría también de mal de amores. Y si algo de algo sabía Alexandra, era de confesiones. Y de problemas del corazón.

Cuando por fin el avión hubo tomado tierra, Kate le ofreció a Paolo compartir taxi y tomar una copa en su casa. Algo que, si bien de primeras podía sonar a proposición indecente, por la desencajada cara de la irlandesa pudo vaticinar que no se trataba de eso. O al menos esa no era su razón principal para colarse en su casa en mitad de la ya avanzada noche maltesa.

A regañadientes, aceptó. No le apetecía demasiado tener a Kate en su apartamento sin saber qué quería exactamente, pero algo dentro de él le decía que podía ser importante. Si ella demostraba que había crecido lo suficiente como para dejar que la obsesión de lo que ocurrió aquella noche les siguiera marcando la relación, entonces él también estaría dispuesto a retomar la amistad que tenían antes de aquel error que le había arruinado su relación con Alexandra y había crispado el ambiente laboral con Kate.

No se dirigieron la palabra durante todo el camino. Cuando el taxi paró en la puerta del piso de Paolo, ambos parecieron resucitar del estado de hibernación en el que se habían sumergido y volvieron a intercambiarse un par de palabras por simple cortesía. Conversaciones de ascensor acerca del tiempo o la anécdota medio divertida de aquel pasajero que insistió en comprobar si bajo su asiento había un chaleco salvavidas *"porque aquella noche había soñado que el avión tenía los tornillos flojos"*, palabras textuales.

-Si la gente supiera todo lo que tiene que funcionar en un avión para que éste pueda mantenerse en vuelo, creo que nos quedaríamos sin trabajo -Paolo, ajeno a lo que estaba a punto de conocer, bromeaba con los miedos absurdos y el desconocimiento de la mayoría de los pasajeros-. Pasa, perdona por el desorden. No esperaba compañía y ya sabes lo desastre que podemos ser los hombres para el orden.

-¿Solo vosotros? Eso depende de la persona - Kate estaba mucho más tensa de lo que ni siquiera ella misma podría haber imaginado.

-Lo sé, era solo una broma para romper el hielo. ¿Qué te pasa, Kate? Te noto aún más rara de lo normal. ¿Tienes algún problema conmigo? ¿He hecho algo que no sepa? ¿O...? No me gusta esta situación, me incomoda y si puedo hacer algo para que te sientas mejor cuando estás conmigo, cuenta con ello.

-No es por ti. Dios, esto va a ser más difícil de lo que esperaba.

-Siéntete, te pongo una copa.

-Paolo, ¿sabes la historia de la chica que asesinó a su marido en España en 2006? -decidió que a veces es mejor meter la quinta marcha directamente.

-No... -meditó unos instantes-. Creo que no. O si lo he escuchado en alguna ocasión, no lo recuerdo ahora mismo. No sigo las noticias internacionales más allá de las conversaciones que escucho entre los pasajeros. ¿Por qué? ¿Debería conocerla?

-Deberías... Déjame un ordenador un minuto, por favor. Tengo que mostrarte algo.

Paolo no entendía nada. No sabía a qué estaba jugando Kate o si tenía algún sentido aquello, pero sin rechistar fue a buscar su ordenador portátil. Estaba cansado, volar cansa mucho más de lo que la gente cree. Aunque de cara a la galería parezca que solo se dedican a atender con una sonrisa a los pasajeros, su trabajo implica una carga mayor de lo que se puede ver, por no hablar del cansancio de los miles de kilómetros acumulados diariamente. No estaba para juegos, pero conocía bien a Kate y sabía que cuando se empecina en algo es mejor seguirle la corriente. Le dejaría su ordenador y buscaría cualquier excusa para pedirle que se fuera de casa.

-Aquí tienes. Estoy cansadísimo, Kate. Perdona que no te dé mucha conversación, pero ya no puedo tirar de mi alma a estas horas.

-Creo que te vas a despertar con lo que vas a ver. Dame un segundo... Vale, ya, aquí tienes. Paolo, antes de que veas esto, quiero que sepas que no lo hago por fastidiarte la vida ni nada. Pero debes conocer la verdad.

-Por favor Kate, ya te he dicho que estoy muy cansado. Enséñame lo que sea y déjame que me acueste. Ha sido un día largo y anoche no dormí nada. Lamento si soy grosero, pero...

Kate no le dejó terminar la frase. Giró la pantalla del ordenador dejando al descubierto la cara de Adriana junto al devastador titular.

Paolo permaneció mirándolo absolutamente inexpresivo durante algunos segundos, hasta que Kate, asustada, le sacó de su estado comatoso.

-¿Estás bien, Paolo?

-¿Qué mierda es ésta, Kate? ¿Ahora te dedicas a hacer montajes? ¿Tanto te fastidió nuestro beso como para llegar a... esto?

-¿Cómo puedes acusarme de algo así? Toma el ordenador -se lo pasó de forma despectiva-. Haz las búsquedas que quieras sobre el tema, está todo ahí. ¡No puedo manipular todo el maldito Internet, joder! -Kate estaba empezando a perder los nervios. Lo último que faltaba era que Paolo también defendiera a Adriana de aquello.

Con demasiada calma, quizás fruto de la incredulidad que sentía, Paolo fue abriendo en diferentes pestañas las noticias que iba encontrando sobre el tema. No, esto no podía ser una invención de Kate. Pero, ¿cómo…?

-No lo entiendo, aquí pone que se llama Andrea.

-Ha tomado una falsa identidad.

-¿Pero…? No entiendo nada, de verdad, no entiendo nada.

Leyó tres, cuatro, cinco noticias. Siguió el hilo cronológico de la historia hasta que los medios dejaron de hacerse eco de una historia que parecía no interesar ya a nadie. Muertos los dos, se acabó el problema. El mundo había seguido su curso, pero Paolo no pudo evitar derrumbarse. ¿Cómo aquellos ojos cristalinos podían albergar tanta maldad? Su interior se revolvió y sintió vértigo, mucho vértigo. Pero también dolor, se sentía engañado, e ira, mucha ira.

En un rápido movimiento, se levantó del sofá, cogió su chaqueta de cuero negro y se precipitó hacia la puerta sin ni siquiera percatarse que estaba dejando a Kate sola en su casa. A la chica no le dio tiempo a alcanzarle pero sabía bien dónde se dirigía.

Las cartas ya estaban sobre la mesa. Había conseguido separar para siempre a Adriana y Paolo y ahora era el momento de devolver a aquella rata a la alcantarilla de la que nunca debió salir. A sabiendas de que Paolo se dirigía a casa de Adriana, con la sangre fría que la caracterizaba esperó media hora tomándose una copa de ginebra, el tiempo suficiente para que los tortolitos discutieran. Entonces, cogió el teléfono y, decidida, marcó:

-191, il-Pulizija, ¿en qué le puedo ayudar? -una voz masculina contestó al otro lado del aparato.

-¿Policía? Llamo para denunciar algo. He localizado a una fugitiva.

Capítulo 26

Adriana no sabía quién podía llamar de esa forma tan desesperada al timbre a las 3 de la mañana, pero sin ninguna duda debía ser algo muy urgente. Bajó las escaleras a toda prisa, a punto de tropezarse debido a la mala iluminación y al sueño que tenía. Al abrir la puerta no pudo evitar esbozar una sonrisa al ver a Paolo al otro lado. Una sonrisa que se desvaneció al advertir en su rostro que no traía buenas noticias.

Sin mediar palabra, la apartó de su camino y subió las mismas escaleras por las que ella había descendido segundos antes. Adriana no entendía qué ocurría, incluso se pellizcó pensando que podía tratarse de un sueño absurdo, pero para su mala suerte aquello era real.

Paolo había entrado en la pequeña y humilde habitación de Adriana sin poder dejar de revolverse sobre sí mismo. Antes de que la chica de los ojos tristes pudiera pedirle explicaciones sobre su comportamiento, zarandeó el móvil a escasos milímetros de ella.

-¿Qué significa esto, Adriana? -su tono, más

agresivo de lo que debiera, no podía ocultar su estado interior-. O debería llamarte... ¿cómo era? Ah, sí... ¿Andrea?

Aunque la mano de Paolo no dejaba de temblar y no podía ver con claridad qué le estaba mostrando, se reconoció a sí misma en aquella foto de su pasado. Escuchar su verdadero nombre tampoco la ayudó. Aquí era donde acababa todo. Sus mínimas posibilidades de sobrevivir en libertad, su esperanza, sus a veces escasas ganas de seguir adelante, todo ello volvía a morir en aquel instante.

Quizás debería haber muerto ella y no Alejandro. Quizás así, los dos habrían salido ganando. Ella podría descansar en paz y él seguiría con su ejemplar vida de buen hijo y mejor jefe.

No supo qué responderle. ¿Qué le dices a una persona a la que has decepcionado de esa manera tan ruin? Paolo había confiado en ella, le había tendido su mano y le había ofrecido su amistad y quién sabe si un pequeño espacio en su corazón. Y ella le había pagado con secretos, con mentiras, escondiéndole hasta su verdadero nombre. No tenía ganas de seguir luchando, dejarse morir en vida sería la decisión más inteligente.

-¿No vas a decir ni una maldita palabra?

-Lo siento...

-¿Lo siento? ¿Eres tan hipócrita de pedirme

perdón a mí? ¡Le tenías que pedir perdón a tu marido! ¡Ese pobre hombre al que asesinaste!

Y entonces, por primera vez en dos años, Adriana explotó. Y chilló, chilló con rabia, con dolor. Chilló como debería haber hecho hace mucho para que su voz hubiera sido escuchada.

-¿Pobre hombre? ¡Pobre yo! ¿Te has molestado en conocer mi versión, Paolo?

-Ah, ¿qué también tienes una excusa? No me hagas reír, ¡no tienes justificación ninguna, Adriana!

-¡Escúchame! Dos minutos y te prometo que te dejo irte.

Y entonces, Adriana comenzó a relatar su sobrecogedora historia:

Había conocido a Alejandro cuando era muy joven. Contaba apenas con 16 primaveras y unas ganas inmensas de comerse el mundo. Su vida eran sus estudios, sus amigas y su familia, pero conoció a un chico un poco mayor que ella que pronto la enamoró. Lo que parecía una relación normal, poco a poco se volvió algo enfermizo. Él era un chico muy celoso, sus amigas le restaban importancia al problema cuando les contaba una pequeña parte de lo que ocurría e incluso afirmaban que eso demostraba que la quería mucho. A estas alturas, no tenía la menor duda que no lo hicieron con mala intención, pero quizás si la hubieran animado a dejarle, nada de esto habría pasado.

Estuvieron juntos dos años y justo cuando ella comenzó la Universidad en otra ciudad a apenas 100 km de su localidad, él le pidió matrimonio. *"Vamos a hacer una locura, ¡casémonos! Lo haremos sin que nadie se entere, pedimos cita en el juzgado, vamos a firmar en vaqueros y ya nunca nadie nos podrá separar. Podemos vivir en uno de los pisos de mis padres, además los restaurantes no van mal, el dinero no es un problema. Vamos Andrea, demuéstrame que tú también me quieres como yo a ti".* Y aunque aquello le pareció una locura, el miedo a perderle le pudo más. Lo dejó todo, absolutamente todo por él: su nueva vida en Málaga, sus estudios, se encerró en sí misma y se olvidó de sus amigos. Mientras, él cada día comenzaba a tratarla un poco peor...

Hasta que a un insulto le siguió un grito, a un gritó un empujón, a un empujón... Miedo, mucho miedo. El momento en que Alejandro llegaba a casa después del trabajo ya no era motivo de celebración como en cualquier matrimonio normal. Ya no se levantaba e iba a la puerta a recibirle y darle el primero de los muchos besos del día. Hasta que una mañana, descubrió que ya no soñaba con una vida con él. Habría dado cualquier cosa por volver a aquel día en que tomó la peor decisión de su vida y se casó con él siendo aún una niña, sin saber que estaba encadenando su vida a una bestia.

Pero ya no era tan fácil como frotar una lámpara y pedirle a un Genio que la devolviera al punto más feliz de su vida o simplemente al punto en que se cruzó con él. Habría tomado otro camino, incierto quizás, triste probablemente, pero ni mucho menos tan oscuro como aquel callejón en el que se había condenado a permanecer de por vida.

Una noche, después de una de sus borracheras en las que los analgésicos para el dolor de huesos la hacían caer profundamente dormida, tuvo un sueño revelador. Si él no estuviera, ella podría volver a ver la luz. Si él no estuviera, ella volvería a la vida. Si él no estuviera... si él no estuviera...

Las peleas cada vez eran más continuas, más fuertes, más cercanas a la muerte y cuando se dio cuenta que era su vida o la de él, se armó del poco coraje que le podía quedar en su patética vida y preparó un cóctel molotov aliñado con un buen chorro de Ron Pálido que camuflaría el sabor de los medicamentos.

Y entonces, después de tanto ruido, llegó el silencio.

No fue capaz de continuar con lo planeado. Se dio cuenta que nada había ido como esperaba, que incluso después de muerto, él se había salido con la suya: sería una desgraciada para siempre. Su fantasma a modo de recuerdo ya nunca la dejaría vivir en paz. Ella misma había firmado su peor sentencia.

Y se derrumbó. Quiso poder cambiar los papeles, ser ella la que estuviera tendida en el suelo como tantas veces estuvo, pero esta vez, no despertar. Con las manos limpias de sangre pero la conciencia muy sucia, llamó a la policía para confesar su crimen y buscar algo de auxilio en ellos. Quizás con un buen tratamiento psiquiátrico, con el tiempo podría olvidarse que había sido capaz de quitarle la vida a un hombre.

Pero lejos de encontrar protección, le dieron la espalda. Nadie creyó su versión, ni siquiera viendo con sus propios ojos los golpes grabados en color púrpura en su piel. *Has inventado una coartada perfecta*", le decían.

Su abogado no quiso darle muchas esperanzas. Iban a condenarla por un tiempo demasiado largo y ni siquiera él podría evitarlo. Fue él quien la ayudó a escapar ante la impotencia de no poder hacer nada por ella. Él sí la creía y sabía que no merecía pudrirse en una cárcel de mala muerte.

Compró en efectivo un billete de autobús de vuelta a Motril. Los 75 km que separaban la cárcel de la provincia de su ciudad natal se le hicieron eternos e interminables. Sabía que no disponía de mucho tiempo antes de que comenzaran a buscarla y dieran la voz de alerta de su fuga. Llegó a casa de sus padres y les prometió que intentaría cuidarse como nunca antes había sido capaz de hacer. Tomó un par de mudas de ropa, más dinero en efectivo y pasó por casa de su tía Carla, colindante a la de sus padres, para despedirse también de ella. *"Andrea, ¿recuerdas aquel restaurante al que fuimos cuando cumpliste los 14 años? ¿El Adriana? Me hablaste de tus sueños y supe que serías una mujer increíble el día de mañana. ¡Lucha, cariño, lucha! Nunca pierdas el brillo que tenías aquella noche en los ojos. Yo creo en ti"*.

Tuvo que despedirse de ella, sabía que allí sería el primer lugar donde la buscarían. Y entonces, algo hizo clic en su interior. No se iba a dejar morir, no se lo merecía. Su avispada mente fue capaz de urdir un plan en unos pocos segundos.

Tomó otro autobús al pueblo vecino de Salobreña y buscó a una antigua conocida que pasaba siempre los veranos y las fiestas patronales allí. Se llamaba Adriana. La vio, junto al resto de los jóvenes del pueblo justo en el lugar donde esperaba encontrarla. No le importaron las miradas acusatorias de todo aquel con el que se cruzaba. Hábilmente, chocó con ella y mientras se disculpaba con una mano, con la otra le arrebató el monedero sin que nadie se percatara de ello. Cuando la necesidad apremia, somos capaces de agudizar el ingenio como nunca hubiéramos imaginado.

Podría haber robado la documentación de cualquier otra muchacha de su edad, pero quiso que su nuevo nombre fuera Adriana. Si alguna vez su tía llegaba a conocer su paradero, sería la mejor forma de decirle en silencio que todo estaba bien. El mejor guiño que le podría hacer a una de las pocas personas que fue capaz de confiar en ella cuando se le cayó la vida.

Dejó pasar tres días antes de hacer el siguiente movimiento, escondida como un polizón en una destartalada casa abandonada, ideó el mejor plan de fuga para que dejaran de buscarla. Alquiló una pequeña embarcación y partió con nocturnidad y alevosía. Llevaba consigo algunas tablas que la ayudarían a mantenerse a flote cuando decidiera lanzarse al mar.

Cuando estuvo a la suficiente distancia como para que nadie tuviera la mínima duda de si habría sobrevivido, jugó sus cartas en un todo o nada, el último salto mortal. Y una vez más, consiguió caer de pie. Logró alcanzar la orilla antes del amanecer y volvió a tomar un autobús, esta vez rumbo a Madrid.

Y el resto, ya es historia.

Capítulo 27

Era la primera vez que Andrea contaba su historia en voz alta. Un Paolo sobrecogido la miraba desde el otro lado de la habitación sin ser capaz de articular una sola palabra. Quiso abrazarla, quiso consolarla y prometerle que ya estaba a salvo, que nada malo volvería a pasarle.

Pero justo en ese instante, el silencio volvió a convertirse en ruido. Un escuadrón de policías irrumpió en el apartamento 405 de Alamein Road.

Capítulo 28

-¡Las manos arriba! ¡No se mueva!

Andrea no opuso ninguna resistencia. Había llegado el momento de dejar de huir y aunque Paolo no quisiera volver a saber nada de ella, se alegraba de que sus últimos momentos en libertad los hubiera pasado junto a él. Lo que no sabía la chica de los ojos tristes es que aquella historia había removido el interior de su amigo que, lejos de odiarla, se sentía ahora aún más cerca de ella de lo que nunca había estado.

Siempre supo que su mirada de ojos tristes encerraba algún secreto, pero nunca habría imaginado algo de esa magnitud.

No era una asesina, era una superviviente, una luchadora que había logrado escapar de una vida que no merecía. No fueron las formas más adecuadas, pero hay veces que la vida nos nubla tanto que no vemos que siempre hay otra salida. Porque siempre la hay: ya sea una puerta, una ventana o la mano de quien nos quiere ayudar.

Paolo lamentaba profundamente no poder tenderle esa mano que ahora tanto necesitaba. Quizás unas palabras de consuelo habrían bastado para consolarla mientras la veía alejarse cabizbaja y escoltada como una ruin delincuente, pero... ¿cómo decirle a alguien que solo su sonrisa le bastaba para volver a recomponer los minúsculos añicos en los que se había roto su vida? ¿Cómo explicarle a una persona, que subastaría el resto de sus días al peor postor tan solo por saber lo que era dormir entre sus brazos?

Perdieron el tiempo, perdieron la vida y como kamikazes sin retorno, hubieran podido tenerlo todo y se empeñaron en no tener nada. Las estrellas miraban burlonas aquella escena en la que Andrea ya no era Adriana y Paolo... Paolo, simplemente dejó de ser.

Sabía que aquel instante, aquellas sensaciones que estaba experimentando al ver partir a su Adriana como un vulgar polizón, se aferrarían inevitablemente a su Cuaderno de Bitácora. No sabía si era amor, quizás amistad o sencillamente ganas de bajarse de un mundo que se había vuelto cada vez más loco, pero... ¿cómo ponerle etiquetas a lo que nunca fue?

Las luces de los coches de la Policía se desvanecieron en la noche y el silencio volvió al siempre tranquilo barrio de Pembroke. Como el último invitado de una fiesta, Paolo se quedó inmóvil en las sombras de un apartamento que durante muchos meses había sido el refugio de un alma rota. En el silencio de la soledad, pudo escuchar el ruido de todo lo que Andrea, bajo la piel de Adriana, había vivido desde su llegada a Malta: el ruido de sus zapatos marcando su nuevo rumbo, el pitido de la cafetera anunciando el momento de convertir los sueños en realidad, los fantasmas de las pocas pertenencias que rescató de su vida en España, la alegría de un alma pura que no siempre fue capaz de transformarse en risa, el rumor de tantos sueños por cumplir desvaneciéndose entre los pasillos de aquel hogar, su hogar.

Y entonces, Paolo rompió a llorar. Porque aunque no lo quieran reconocer, ellos también lloran.

Capítulo 29

Adriana pasó la noche prestando declaración en los calabozos de La Valeta. Su odio hacia aquella ciudad continuó creciendo: hacía solo unos días que perdió el amor y el honor allí y ahora la capital de Malta volvía a ser testigo de cómo se le caía la vida.

Tratada como una mezquina impostora y una asesina sin escrúpulos, agradeció al menos no tener que pasar el resto de sus días allí. Pudo escuchar desde su celda de tránsito que el gobierno español había autorizado su retorno y sería juzgada y encarcelada allí.

7 horas. Volvería en el primer vuelo de la mañana, custodiada por un par de agentes de la autoridad maltesa. Tanto revuelo por una mujer que en el fondo seguía siendo una niña... Le garantizaron que alguien pasaría por su apartamento para recoger sus pertenencias y mandárselas de regreso a España, pero... ¿quién le devolvía las noches que ya nunca podría vivir? ¿Cómo podrían empaquetar un último abrazo de todos a los que había llegado a querer allí?

La chica de los ojos tristes se sintió torpe, desamparada y cuando creía que ya nada podía ir a peor... durmió... Durmió y con ello se esfumaron sus últimas horas en un lugar que había quedado grabado a fuego en su corazón.

La despertaron los gritos de unos señores uniformados que, sin darle tiempo para peinarse o tan siquiera lavarse los dientes, la introdujeron en un coche rumbo al aeropuerto.

Las esposas, la ropa desastrosa y el hecho de estar rodeada de policías no dejaban lugar a la duda y tuvo que soportar como aquellos que hasta ahora eran sus compañeros la miraban con altanería. Solo rogaba y deseaba no tener cruzarse con su tripulación habitual.

Un agente, el más alto de todos, la invitó a apartarse un momento del grupo y explicarle bien lo que le iba a ocurrir a partir de ahora. Volvería a la cárcel de Albolote y sería juzgada en esta ocasión por un triple delito: homicidio, suplantación de identidad y quebrantamiento de condena. En resumidas cuentas y sin ninguna prueba con la que demostrar que el crimen lo cometió en defensa propia, Adriana pasaría una larga temporada entre rejas.

Aún quedaban unos minutos para que se comenzara a embarcar al vuelo que la llevaba de regreso a casa. Pidió como último favor antes de volver a privarse de su libertad que alguien avisara a su familia para poder verlos en el aeropuerto de Málaga los escasos 5 minutos que tardara en recorrer la terminal de llegadas. Al parecer, el Gobierno español se había adelantado y ya habían sido informados. Imaginó que a esas alturas su rostro estaría de nuevo en los Informativos de las cadenas nacionales y su historia ya habría quedado al descubierto. Pero ni siquiera eso la conmovió: cuando te rindes, ya nada importa.

Asumiría su condena, pagaría por sus delitos y si después le quedaba algo de vida en sus ojos, volvería a Malta siendo por fin Andrea. Quizás canosa, probablemente estropeada por la mala vida que le esperaría en la cárcel, pero libre. Libre de verdad.

Al fin, la voz metálica del altavoz anunció el inicio del embarque de su vuelo. La policía le indicó que podían esperar a que subiera todo el pasaje: ellos embarcarían los últimos para no armar más revuelo y tomarían los asientos reservados en la zona delantera del avión, separados del resto por unas cortinas.

Levantó la vista para asentir con desgana y entonces los vio. Clavados a escasos 20 metros de ella, unos conmocionados Alexandra y Paolo habían utilizado sus influencias en el aeropuerto para pasar el control de seguridad y darle a su amiga una despedida medianamente aceptable. Paolo fue el primero que se adelantó cuando vio a Andrea avanzar hacia ellos. A mitad de camino, se fundieron en un abrazo cargado de electricidad y ternura a partes iguales.

-Adriana… perdón, Andrea… Vaya, esto es muy raro para mí, ¿cómo quieres que te llame?

-Como tú quieras -a pesar de las circunstancias, esbozó una sonrisa, perdiéndose en los ojos de Paolo que tanta paz le daban.

-No me importa tu nombre, solo me importas tú. He venido para decirte que te creo, creo tu historia y no te juzgo.

-No sabes cuánto significa esto para ti. Ojalá pudiera haber sido de otra manera.

-Ojalá… pero me quedo con lo vivido, con la suerte de haberte conocido y con el pedacito que ocuparás siempre en mi vida.

-No sé qué decirte, Paolo.

-No digas nada. No arruinemos este momento. Escríbemelo y si quieres, algún día me lo das. Regresaremos a este lugar, te lo prometo, siempre se regresa a aquello a lo que quieres, a donde perteneces. Me dan igual los años que pasen, quiero volver a verte. Prométemelo.

-No quiero que me esperes, Paolo.

-No lo haré -y la crudeza de sus palabras, les volvió a romper una vez más-. Pero tampoco te borraré de mí.

Si aquello fuera una película de cine, el chico besaría a la chica y le prometería amor eterno mientras los pasajeros aplauden emocionados. Pero era la vida real, donde los buenos a veces pierden y donde Cupido no siempre acierta con el destino de las flechas. Sin embargo, en el fondo, Andrea y Paolo habían vivido una historia mucho más bonita que todos aquellos sentimentalismos de Hollywood. Lo de ellos era real y aunque no habían podido tener un final feliz, les quedaba el recuerdo de la más bonita historia de dos personas que un día tuvieron la fortuna de cruzarse en este viaje llamado vida. Y aquello sí que sería eterno.

Perdieron la noción del tiempo en aquel último abrazo hasta que notaron los brazos de una tercera persona. Alexandra se unió a ellos y susurrando entre lágrimas, le dijo a su amiga que debía subir ya al avión.

-Gracias Alex, gracias por todo. Has sido una gran amiga. ¿Por qué no ha venido Kate?

-Verás... Kate fue quien llamó a la Policía. Descubrió toda tu historia.

-Así que ella es la traidora...

-Sí... siento habértelo dicho, pero debías saberlo. Me da mucha pena que esto termine así.

-Tranquila, al final cada uno tiene lo que merece. Creo a ciegas en el karma. Yo tengo que pagar por mis errores y puedo decir que ahora sí marcho en paz porque la vida me ha mostrado una lección muy valiosa. ¿De qué me servía tratar de ser quién no era en realidad? Es mejor morir con tus zapatos puestos, que vivir la vida de alguien que no eres tú. Nunca habría sido feliz huyendo para siempre y ahora, al menos tengo una mínima posibilidad de volver a serlo algún día -tras una breve pausa, continuó-: Alexandra… ¿te puedo pedir un último favor?

-Lo que quieras.

-Cuida a Paolo y deja que Paolo te cuide a ti -le guiñó un ojo y añadió-: Sé interpretar una mirada.

Su aventura había terminado. Subió al avión sin mirar atrás, ni siquiera quiso otear el paisaje maltés mientras despegaban. No quería ver cómo se alejaba de aquel lugar que tanto le había dado y a la vez tanto le estaba quitando ahora. Cerró los ojos y dejó que fueran sus propios recuerdos los que dibujaran su final.

Capítulo 30

Pero no fue suficiente. Solo se le ocurría una verdadera manera de cerrar aquel bonito capítulo del drama en el que se había convertido su vida: escribiendo. Hacía tan solo unos minutos, en el aeropuerto de Luqa, donde todo empezó, le había prometido a Paolo que le escribiría. Y nunca habría un mejor momento que ahora.

-¿Me podría dar papel y boli, por favor?

-Claro, aquí tiene.

Y entonces las manos de Andrea, con el corazón de Adriana en carne viva, comenzaron a escribir su verdadera despedida:

"SI PUDIERA VOLVER A EMPEZAR:

Hay veces que la vida te lleva por caminos en los que nunca pensabas haberte perdido. Y sin embargo, es la única forma que tenemos de volver a comenzar. Si yo pudiera hoy volver a empezar, no cometería los mismos errores solo por volver al día en que nos conocimos. No nos merecemos de nuevo este final.

Si pudiera volver a empezar, me cosería un par de alas y te buscaría. Cerca... o hasta el fin del mundo quizás. Pero lo haría antes, mucho antes.

Si pudiera volver a empezar solo trataría de aprender a tiempo que a veces, cuando se pierde, se gana. Y que cuando se gana, también se puede perder. Quién sabe si tú y yo, perdiéndonos hoy, quizás estamos ganando.

En realidad me sobran las razones para escribirte, pero solo quiero darte, si me lo permites, un pequeño consejo: VIVE, joder, VIVE. Con mayúsculas, con ardor y con rabia. Vive de forma que no quieras volver a nacer, porque con una sola vez ya haya sido suficiente. Vive con la certeza de que si algo te tiene que mover, que sea siempre el corazón. Solo de esa manera ganarás siempre. Aunque luego te toque perder.

Déjame despedirme, no sin antes decirte que te deseo buena vida. Que cada día encuentres un motivo para seguir. Que cada noche caigas rendido porque hacer realidad los sueños cansa. Y mucho. Que encuentres a alguien que te quiera y a la que tú quieras también. Y que a mí no me duela.

Ojalá que la quieras más que a nada, más que a ti. Pero ojalá que a mí también me recuerdes. Aunque sea solo por un instante, cada día del resto de tu vida.

Con cariño,
Tu chica de los ojos tristes".

- FIN —

66249169R00139

Made in the USA
Middletown, DE
09 March 2018